Gerhart Hauptmann

Die Weber

Gerhart Hauptmann

Die Weber

ISBN/EAN: 9783743698673

Hergestellt in Europa, USA, Kanada, Australien, Japan

Cover: Foto ©Andreas Hilbeck / pixelio.de

Weitere Bücher finden Sie auf **www.hansebooks.com**

GERHART HAUPTMANN

Die Weber.

(Übertragung.)

Schauspiel aus den vierziger Jahren.

Zwölfte Auflage.

Berlin.
S. Fischer, Verlag.
1895.

Alle Rechte vorbehalten.

———

Den Bühnen gegenüber Manuscript.

Meinem Vater

Robert Hauptmann

widme ich dieses Drama.

———

Wenn ich Dir, lieber Vater, dieses Drama zuschreibe, so geschieht es aus Gefühlen heraus, die Du kennst und die an dieser Stelle zu zerlegen keine Nötigung besteht.

Deine Erzählung vom Großvater, der in jungen Jahren, ein armer Weber, wie die Geschilderten hinter'm Webstuhl gesessen, ist der Keim meiner Dichtung geworden, die, ob sie nun lebenskräftig, oder morsch im Innern sein mag, doch das Beste ist, was „ein armer Mann wie Hamlet ist" zu geben hat.

Dein

Gerhart.

Erster Akt.

Personen des ersten Aktes.

Fabrikantengruppe:

Dreißiger, Parchend-Fabrikant.
Pfeifer, Expedient ⎫
Neumann, Cassirer ⎬ bei Dreißiger.
Der Lehrling, ⎭

Webergruppe:

Bäcker.
Der alte Baumert.
Reimann.
Heiber.
Erster Weber.
Erste Weberfrau.
Ein alter Weber.
Ein Junge.
Eine Anzahl Weber und Weberfrauen.

Ein geräumiges, graugetünchtes Zimmer in Dreißigers Haus zu Peterswaldau. Der Raum, wo die Weber das fertige Gewebe abzuliefern haben. Linker Hand sind Fenster ohne Gardinen, in der Hinterwand eine Glasthür, rechts eine ebensolche Glasthür, durch welche fortwährend Weber, Weberfrauen und Kinder ab- und zugehen. Längs der rechten Wand, die, wie die übrigen, größtentheils von Holzgestellen für Parchend verdeckt wird, zieht sich eine Bank, auf der die angekommenen Weber ihre Waare ausgebreitet haben. In der Reihenfolge der Ankunft treten sie vor und bieten ihre Waare zur Musterung. Expedient Pfeifer steht hinter einem großen Tisch, auf welchen die zu musternde Waare vom Weber gelegt wird. Er bedient sich bei der Schau eines Cirkels und einer Lupe. Ist er zu Ende mit der Untersuchung, so legt der Weber den Parchend auf die Wage, wo ein Comptoirlehrling sein Gewicht prüft. Die abgenommene Waare schiebt derselbe Lehrling in's Repositorium. Den zu zahlenden Lohnbetrag ruft Expedient Pfeifer dem an einem kleinen Tischchen sitzenden Kassirer Neumann jedesmal laut zu.

Es ist ein schwüler Tag gegen Ende Mai. Die Uhr zeigt zwölf. Die meisten der harrenden Webersleute gleichen Menschen, die vor die Schranken des Gerichts gestellt sind, wo sie in peinigender Gespanntheit eine Entscheidung über Tod und Leben zu erwarten haben. Hinwiederum haftet allen etwas Gedrücktes, dem Almosenempfänger Eigenthümliches an, der, von Demüthigung zu Demüthigung schreitend, im Bewußtsein nur geduldet zu sein, sich so klein als möglich zu machen gewohnt ist. Dazu kommt ein starrer Zug resultatlosen, bohrenden Grübelns in aller Mienen. Die Männer, einander ähnelnd, halb zwerghaft, halb schulmeisterlich, sind in der Mehrzahl flachbrüstige, hüstelnde, ärmliche Menschen mit schmutzigblasser Gesichtsfarbe: Geschöpfe des Webstuhls, deren Kniee in Folge vielen Sitzens gekrümmt sind; ihre Weiber zeigen weniger Typisches auf den ersten Blick; sie sind aufgelöst, gehetzt, abgetrieben, während die Männer eine gewisse klägliche Gravität noch zur Schau tragen — und zerlumpt, wo die Männer geflickt sind. Die jungen Mädchen sind mitunter nicht ohne Reiz; wächserne Blässe, zarte Formen, große, hervorstehende, melancholische Augen sind ihnen dann eigen.

Caffirer Neumann (Geld aufzählend). Bleibt sech=
zehn Silbergroschen zwei Pfennig.

Erste Weberfrau (dreißigjährig, sehr abgezehrt, streicht das Geld ein mit zitternden Fingern). Sind se bedankt.

Neumann (als die Frau stehen bleibt). Nu? stimmt's etwa wieder nich?

Erste Weberfrau (bewegt, flehentlich). A par Fenniche uf Vorschuß hätt' ich doch halt a so netig.

Neumann. Ich hab a par hundert Thaler nötig. Wenn's ufs Nötighaben ankäm —! (Schon mit Auszahlen an einen andern Weber beschäftigt, kurz.) Iber den Vor= schuß hat Herr Dreißiger selbst zu bestimmen.

Erste Weberfrau. Kend' ich da vielleicht ama mit'n Herr Dreißiger selber redn?

Expedient Pfeifer (ehemaliger Weber. Das Typische an ihm ist unverkennbar; nur ist er wohlgenährt, gepflegt, gekleidet, glatt rasirt, auch ein starker Schnupfer. Er ruft barsch herüber). Da hätte Herr Dreißiger weiß Gott viel zu thun, wenn er sich um jede Kleenigkeit selber bekümmern sollte. Dazu sind wir da. (Er zirkelt und untersucht mit der Lupe.) Schwerenoth! Das zieht. (Er packt sich einen dicken Shawl um den Hals.) Machl de Thire zu, wer 'rein kommt.

Der Lehrling (laut zu Pfeifer). Das is, wie wenn man mit Klötzen redte.

Pfeifer. Abgemacht sela! — Wage! (Der Weber legt das Webe auf die Wage.) Wenn Ihr ock Eure Sache besser verstehn thät't. Treppn hat's wieder drinne ... ich seh gar nich hin. (E guter Weber verschiebt's Auf= bäumen nich wer weeß wie lange.)

Bäcker (ist gekommen. Ein junger, ausnahmsweise starker Weber, dessen Gebahren ungezwungen, fast frech ist. Pfeifer, Neumann und der Lehr=

lings werfen sich bei seinem Eintritt Blicke des Einvernehmens zu). **Schwere Noth** ja! Da soll eener wieder schwitzn wie a Laugensack.

Erster Weber (halblaut). 'S sticht gar sehr nach Regen.

Der alte Baumert (drängt sich durch die Glasthür rechts. Hinter der Thür gewahrt man die Schulter an Schulter gedrängt, zusammengepfercht wartenden Webersleute. Der Alte ist nach vorn gehumpelt und hat sein Pack in der Nähe des Bäcker auf die Bank gelegt. Er setzt sich daneben und wischt sich den Schweiß). Hier is 'ne Ruh verdient.

Bäcker. Ruhe is besser wie a Beemen Geld.

Der alte Baumert. A Beemen Geld mechte ooch sein. Gun Tag ooch Bäcker!

Bäcker. Tag ooch Vater Baumert! Ma muß wieder lauern wer weeß wie lange!

Erster Weber. Das kommt nich druf an. A Weber wart't an'n Stunde oder an'n Tag. A Weber is ock 'ne Sache.

Pfeifer. Gebt Ruhe dahinten! Man versteht ja sei eignes Wort nich.

Bäcker (leise). A hat heute wieder sein'n tälschn Tag.

Pfeifer (zu dem vor ihm stehenden Weber). Wie oft hab ich's Euch schonn gesagt: Besser putzen sollt er. Was is denn das für 'ne Schlauderei? Hier sind Klunkern drinne, so lang wie mei Finger, und Stroh und allerhand Dreck.

Weber Reimann. 'S mächt halt a neu Nopp-Zängl sein.

Lehrling (hat das Webe gewogen). 'S fehlt auch am Gewicht.

Pfeifer. Eine Sorte Weber is hier so. Schade für jede Kette, die man ausgibt. O Jes's, zu meiner Zeit! Mir hätt's woll mei Meister angestrichen. Dazumal da war das noch a ander Ding um das

Spinnwesen. Da mußte man noch sei Geschäfte ver=
stehn. Heute da is das nich mehr nötig. — Reimann
zehn Silbergroschen.

Weber Reimann. E Fund wird doch gerechn't
uuf Abgang.

Pfeifer. Ich hab' keine Zeit. Abgemacht sela.
Was bringt Ihr?

Weber Heiber (legt sein Webe auf. Während Pfeifer untersucht, tritt er an ihn und redet halblaut und eifrig in ihn hinein). Se
werden verzeihen, Herr Feifer, ich möchte Sie gittichst
gebet'n habn, ob Se vielleicht und Se wolltn so
gnädig sein und wolltn mir den Gefalln thun und
liessen mir a Vorschuß dasmal nich abrechn.

Pfeifer (zirkelnd und guckend, höhnt). Nu da! Das
macht sich ja etwan. Hier is woll b'r halbe Einschuß
wieder auf a Feifeln geblieb'n?

Weber Heiber (in seiner Weise fortfahrend). Ich wollts
ja gerne uf de neue Woche gleiche machn. Vergangne
Woche hatt' ich blos zwee Howetage auf'n Dominium
zu leistn. Dabei liegt Meine krank derheeme....

Pfeifer (das Stück an die Wage gebend). Das is eben
wieder ne richt'ge Schlauderarbeit. (Schon wieder ein
neues Webe in Augenschein nehmend.) So ein Salband, bald
breit, bald schmal. Emal hat's der Einschuß zu=
sammen gerißn, wer weeß wie sehr, dann hat's wieder
mal 's Sperrrittl auseinandergezog'n. Und auf a
Zoll kaum siebzig Faden Eintrag. Wo is denn
der Ibriche? Wo bleibt da die Reellität? Das wär
so was!

Weber Heiber (unterdrückt Thränen, steht gedemüthigt und
hilflos).

Bäcker (halblaut zu Baumert). Der Palasche mächt
ma noch Garn drzune koofen.

Erste Weberfrau (welche nur wenig vom Cassentisch zurück-
getreten war und sich von Zeit zu Zeit mit starren Augen hilfesuchend um-
gesehen hat, ohne von der Stelle zu gehen, faßt sich ein Herz und wendet sich
von Neuem flehentlich an den Cassirer) Ich kann halt balde...

ich weeß gar nich, wenn Se mir das Mal und geb'n mir keen'n Vorschuß... o Jesis, Jesis.

Pfeifer (ruft herüber). Das is a Gejesere. Laßt blos a Herr Jesus in Frieden. Ihr habt's ja sonst nich so ängstlich um a Herr Jesus. Paßt lieber auf Euern Mann uf, das und man sieht'n nich aller Augenblicke hinter'm Kretschamfenster sitz'n. Wir kenn kein'n Vorschuß geb'n. Wir müss'n Rechenschaft ablegen dahier. 'S is auch nich unser Geld. Von uns wird's nachher verlangt. Wer fleißig is und seine Sache versteht und in der Furcht Gottes seine Arbeit verricht't, der braucht iberhaupt nie kein'n Vorschuß nich. Abgemacht Seefe.

Neumann. Und wenn a Bielauer Weber 's vierfache Lohn kriegt, da verfumfeit er's vierfache und macht noch Schulden.

Erste Weberfrau (laut, gleichsam an das Gerechtigkeitsgefühl Aller apellirend). Ich bin gewiß ni faul, aber ich kann ni mehr a so fort. Ich hab halt doch zwee Mal an Jbergang gehabt. Und was de mei Mann is, der is ooch bloßich halb; a war bei'm Zerlauer Schäfer, aber der hat'n doch au nich ken'n von sein'n Schad'n helfn und da... Zwing'n kann ma's doch nich... Mir arbeitn gewiß, was wir ufbringen. Ich hab schonn viele Woch'n keen'n Schlaf in a Augn gehabt, und 's wird auch schonn wieder gehn, wenn ock ich und ich wer' de Schwäche wieder a bißel raus kriegn aus a Knochn. Aber Se missn halt ooch a eenziges Bißl a Einsehn hab'n. (Inständig, schmeichlerisch stehend.) Sind S' ock schonn geben und bewilligen mer das Mal a par Greschl.

Pfeifer (ohne sich stören zu lassen). Fiedler elf Silbergroschen.

Erste Weberfrau. Blos a par Greschl, daß m'r zu Brote kommen. D'r Pauer borgt nischt mehr. Ma hat a Häuffl Kinder...

Neumann (halblaut und mit komischem Ernst zum Lehrling).

Die Leinweber haben alle Jahre ein Kind, alle walle,
alle walle, puff, puff, puff.

Der Lehrling (giebt ebenso zurück). Die Blitzkröte
ist sechs Wochen blind (summt die Melodie zu Ende) alle walle,
alle walle, puff, puff, puff.

Weber Reimann (das Geld nicht anrührend, welches der
Cassirer ihm aufgezählt hat). Mer hab'n doch jetzt immer drei=
zehntehalb Beemen kriegt fer a Webe.

Pfeifer (ruft herüber). Wenn's Euch nich paßt, Rei=
mann, da braucht er blos ein Wort sag'n. Weber
hat's genug. Vollens solche wie Ihr seid. Für 'n
volles Gewichte giebt's auch 'n vollen Lohn.

Weber Reimann. Das hier was fehl'n sollte,
an'n Gewichte....

Pfeifer. Bringt ein fehlerfreies Stück Parchent,
da wird auch am Lohn nichts fehl'n.

Weber Reimann. Daß's hier und sollte zu viel
Placker drinne hab'n, das kann doch reen gar nich
meeglich sein.

Pfeifer (im Untersuchen). Wer gut webt, der gut lebt.

Weber Heiber (ist in der Nähe Pfeifer's geblieben um nochmals einen
günstigen Augenblick abzupassen. Ueber Pfeifer's Wortspiel hat er mitgelächelt,
nun tritt er an ihn und redet ihm zu wie das erste Mal). Ich wollte
ihn gittichst gebeten hab'n, Herr Feifer, ob Se viel=
leicht und Se wollt'n a so barmherzich sein und rechtn
mir a Fimfbeemer Vorschuß das Mal nich ab. Meine
liegt schon seit d'r Fasnacht krumm im Bette. Se
kann mer keen'n Schlag Arbeit nich verrichtn. Da muß
ich a Spulmädel bezal'n. Deshalb....

Pfeifer (schnupft). Heiber, ich hab nich blos Euch
alleene abzufertigen. Die Andern woll'n auch dran=
kommen.

Weber Reimann. So hab ich de Werfte kriegt —
a so hab ich se ufgebäumt und wieder runter ge=
nommen. A besser Garn wie ich kriegt hab, kann ich
nich zurückbringen.

Pfeifer. Paßt's euch nich, da braucht er euch blos keene Werfte mehr abzuholn. Wir habn 'r genug, die sich's Leder von a Fijjen dernach ablaufn.

Neumann (zu Reimann). Wollt ihr das Geld nich nehmen?

Weber Reimann. Ich kann mich durchaus a so nich zufriede geben.

Neumann (ohne sich weiter um Reimann zu bekümmern). Heiber zehn Silbergroschen. Geht ab fünf Silbergroschen Vorschuß. Bleiben fünf Silbergroschen.

Weber Heiber (tritt heran, sieht das Geld an, sieht, schüttelt den Kopf, als könnte er etwas garnicht glauben und streicht das Geld langsam und umständlich ein). O meins, meins! — (Seufzend.) Nu, da da!

Der alte Baumert (Heiber'n in's Gesicht). Ja, ja Franze! Da kann eens schon manchmal 'n Seufzrich thun.

Weber Heiber (mühsam redend). Sieh ock, ich hab a krank Mädel derheeme zu liegn. Da mecht a Fläschl Medezin sein.

Der alte Baumert. Wo thut's er'n fehlen?

Weber Heiber. Nu sieh ock, 's war halt von kleen uf a vermickertes Dingl. Ich weeß garnich... na, dir kann ich's ja sagn: — je hat's mit uf de Welt gebracht. A so 'ne Unreenichkeit iber und iber bricht 'r halt durch's Geblitte.

Der alte Baumert. Iberall hat's was. Wo eemal's Armutt is, da kommt ooch Unglicke iber Unglicke. Da is o kee Halt und keene Rettung.

Weber Heiber. Was hast d'nn da eingepackt in dem Tichl?

Der alte Baumert. Mir sein halt gar blank derheeme. Da hab ich halt unser Hundl schlachtn lassen. Viel is ni dran, a war o halb d'rhungert. 'S war a klee nettes Hundl. Selber abstechen mocht ich 'n nich. Ich konnt mer eemal kee Herze nich faßn.

Pfeifer (hat Bäcker's Webe untersucht, ruft). Bäcker, dreizehntehalb Silbergroschen.

Bäcker. Das is a schäbiges Almosen aber kee Lohn.

Pfeifer. Wer abgefertigt is, hat's Lokal zu verlassen. Wir kenn uns vorhero nich rihren.

Bäcker (zu den Umstehenden, ohne seine Stimme zu dämpfen). Das is a schäbiges Trinkgeld, weiter nischt. Da soll eens treten vom frihen Morgn bis in die sinkende Nacht. Und wenn man achtz'n Tage iberm Stuhle gelegn hat, Abend ver Abend wie ausgewundn, halb drehnig vor Staub und Gluthitze, da hat man sich glicklich dreiz'ntehalb Beemen erschindt.

Pfeifer. Hier wird nich gemault!

Bäcker. Vo ihn laß ich mer'sch Maul noch lange nich verbietn.

Pfeifer (springt mit dem Ausruf) das mecht ich doch amal sehn (nach der Glasthür und ruft in's Comptoir). Herr Dreißicher, Herr Dreißicher, mechten sie amal so freundlich sein!

Dreißiger (kommt. Junger Vierziger, fettleibig, asthmatisch. Mit strenger Miene). Was — giebt's denn, Pfeifer?

Pfeifer (stupfch). Bäcker will sichs Maul nich verbieten lassen.

Dreißiger (giebt sich Haltung, wirft den Kopf zurück, fixiert Bäcker mit zuckenden Nasenflügeln). Ach so — Bäcker! — — (Zu Pfeiffer.) Is das der...? (Die Beamten nicken.)

Bäcker (frech). Ja, ja, Herr Dreißicher! (Auf sich zeigend.) Das is der (auf Dreißiger zeigend) und das is der.

Dreißiger (indignirt). Was erlaubt sich denn der Mensch!?

Pfeifer. Dem geht's zu gutt! Der geht a so lange auf's Eis tanzen, bis a's amal versehen hat.

Bäcker (brutal). O du Fennigmanndl, halt ock du deine Fresse. Deine Mutter mag sich woll ei a Neunmonden beim Besenreit'n am Lucifer versehn habn, das a so a Teiwel aus dir geworn is.

Dreißiger (in ausbrechendem Zähzorn, brüllt) Maul halten! auf der Stelle Maul halten, sonst... (er ziuert, thut ein paar Schritte vorwärts).

Bäcker (mit Entschlossenheit ihn erwartend). Ich bin nich taub. Ich höhr noch gut.

Dreißiger (überwindet sich, fragt mit anscheinend geschäftsmäßiger Ruhe). Is der Bursche nicht auch dabei gewesen?

Pfeifer. Das is a Bielauer Weber. Die sind iberall d'rbei, wo's 'n Unfug zu machen gibt.

Dreißiger (zitternd). Ich sag' euch also: passirt mir das noch einmal und zieht mir noch einmal so eine Rotte Halbbetrunkener, so eine Bande von grünen Lümmeln am Hause vorüber wie gestern Abend — mit diesem niederträchtigen Liede...

Bäcker. 's Bluttgericht meenen se woll?

Dreißiger. Er wird schon wissen, welches ich meine. Ich sag' euch also: hör' ich das noch einmal, dann laß' ich mir einen von euch 'rausholen und — auf Ehre, ich spaße nicht, — den übergebe ich dem Staatsanwalt. Und wenn ich 'raus bekomme, wer dies elende Machwerk von einem Liede...

Bäcker. Das is a schee Lied, das!

Dreißiger. Noch ein Wort und ich schicke zur Polizei — augenblicklich. — Ich fackle nicht lange. — Mit euch Jungens wird man doch noch fertig werden. Ich bin doch schon mit ganz andren Leuten fertig geworden.

Bäcker. Nu das will ich globn. A so a richtiger Fabrikante, der wird mit zwee=dreihundert Webern fertig, eh man sich umsieht. Da läßt a och noch ni a par morsche Knochn ibrich. A so eener der hat vier Mägn wie ne Kuh und a Gebiß wie a Wolf. Nee nee, da hat's nischt!

Dreißiger (zu den Beamten). Der Mensch bekommt keinen Schlag Arbeit mehr bei uns.

Bäcker. O, ob ich am Webstuhle berhungere, oder im Straßengrabn, das is mir egal.

Dreißiger. 'Raus, auf der Stelle raus!

Bäcker (fest). Erst will ich mei Lohn habn.

Dreißiger. Was kriegt der Kerl, Neumann?

Neumann. Zwölf Silbergroschen fünf Pfennige.

Dreißiger (nimmt überhastig dem Kassirer das Geld ab und wirft es auf den Zahltisch, so daß einige Münzen auf die Diele rollen). Da! — hier! — und nu rasch) — mir aus den Augen!

Bäcker. Erscht will ich mei Lohn habn.

Dreißiger. Da liegt sein Lohn; und wenn er nun nich macht, daß er 'raus kommt.... Es ist grade zwölf.... Meine Färber machen grade Mittag....

Bäcker. Mei Lohn gehört in meine Hand. Hie her gehört mei Lohn. (Er berührt mit den Fingern der rechten, die Handfläche der linken Hand.)

Dreißiger (zum Lehrling). Heben Sie's auf, Tilgner.

Der Lehrling (thut es, legt das Geld in Bäcker's Hand).

Bäcker. Das muß alls sein'n richtchen Paß gehn. (Er bringt, ohne sich zu beeilen, in einen alten Beutel das Geld unter.)

Dreißiger. Nu? (Als Bäcker sich noch immer nicht entfernt, ungeduldig.) Soll ich nun nachhelfen?

(Unter den dichtgedrängten Webern ist eine Bewegung entstanden. Jemand stößt einen langen, tiefen Seufzer aus. Darauf geschieht ein Fall. Alles Interesse wendet sich dem neuen Ereigniß zu.)

Dreißiger. Was giebt's denn da?

Verschiedene Weber und Weberfrauen. "'Sis eener hingeschlagn." — "'Sis a klee hiprich Jungl." — "Is's etwa be Kränkte oder was?!"

Dreißiger. Ja... wie denn? Hingeschlagen? (Er geht näher.)

Alter Weber. A liegt halt da. (Es wird Platz gemacht. Man sieht einen etwa achtjährigen Jungen wie todt an der Erde liegen.)

Dreißiger. Kennt Jemand den Jungen?

Alter Weber. Aus unserm Dorfe is a nich.

Der alte Baumert. Der sieht ja bald aus, wie Heinrichen's. (Er betrachtet ihn genauer.) Ja, ja! Das is Heinrichen's Gustavl.

Dreißiger. Wo wohnen denn die Leute?

Der alte Baumert. Nu, oben bei uns, in Kaschbach, Herr Dreißicher. Er geht Musicke machen, und am Tage da liegt a iberm Stuhle. Se han neun Kinder und's zehnte is unterwegens.

Verschiedene Weber und Weberfrauen. „Den Leutn geht's gar sehr kimmerlich." — Den regnt's in de Stube." — „Das Weib hat keene zwee Hemdl fer die neun Burschen."

Der alte Baumert (den Jungen anfassend). Nu, Jungel, was hat's denn mit Dir? Da wach ock uf!

Dreißiger. Faßt mal mit an, wir wollen ihn mal aufheben. Ein Unverstand ohne gleichen, so'n schwächliches Kind diesen langen Weg machen zu lassen. Bringen Sie mal etwas Wasser, Pfeifer!

Weberfrau (die ihn aufrichten hilft). Mach ock ni etwa Dinge und stirb, Jungl!

Dreißiger. Oder Cognac, Pfeifer, Cognac is besser.

Bäcker (hat von Allen vergessen, beobachtend gestanden. Nun, die eine Hand an der Thürklinke, ruft er laut und höhnisch herüber). Gebt 'n ock was zu fressen, da wird a schonn zu sich kommen. (Ab.)

Dreißiger. Der Kerl nimmt kein gutes Ende. — Nehmen Sie ihn unter'm Arm, Neumann. — Langsam... langsam... so... so... wir wollen ihn in mein Zimmer bringen. Was wollen Sie denn?

Neumann. Er hat was gesagt, Herr Dreißiger! Er bewegt die Lippen.

Dreißiger. Was — willst Du denn, Jungel?

Der Junge (haucht). Mich h.. hungert!

Dreißiger (wird bleich). Man versteht ihn nich.

Weberfrau. Ich globe, a meinte...

Dreißiger. Wir werden ja sehn. Nur ja nich aufhalten. — Er kann sich bei mir auf's Sofa legen. Wir werden ja hören, was der Doctor sagt.

(Dreißiger, Neumann und die Weberfrau führen den Jungen in's Comptoir. Unter den Webern entsteht eine Bewegung, wie bei Schulkindern, wenn der Lehrer die Klasse verlassen hat. Man reckt und streckt sich, man flüstert, tritt von einem Fuß auf den andern und in einigen Sekunden ist das Reden laut und allgemein.)

Der alte Baumert. Ich glob immer, Bäcker hat recht.

Mehrere Weber und Weberfrauen. „A sagte ja o a so was." — „Das is hier nischt Neues, das amal een'n d'r Hunger schmeißt." — „Na, iberhaupt, was de ben Winter erscht wern soll, wenn das hie und 's geht a so fort mit der Lohnzwackerei." — „Und mit a Kartoffeln wird's das Jahr gar schlecht." — „Hie wird's au nich anderscher, bis mer alle vollens uf'n Rickn liegn."

Der alte Baumert. Am bestn, ma macht's, wie d'r Nentwich Weber, ma legt sich a Schleesel um a Hals un knippt sich am Webstuhle uf. Da, nimm der 'ne Prise, ich war in Neurode, da arbeit mei Schwager in d'r Fabricke, wo's 'n machen, a Schnupp= taback. Der hat m'r a par Kernbl gegebn dahier. Was trägst denn du in dem Tichl Schenes?

Alter Weber. 'Sis blos a bißl Perlgraupe. D'r Wagn vom Ullbrichmiller fuhr vor m'r her. Da war a Sack a biffel ufgeschlißt. Das kommt mir gar sehr zu passe, kanst globn.

Der alte Baumert. Zweiunzwanzich Mihlen sein in Peterschwalde, und fer unsereens fällt doch nischt ab.

Alter Weber. Ma muß ebens a Muth nich sinkn lass'n, 's kommt immer wieder was und hilft een' a Stickl weiter.

Weber Heiber. Ma muß ebens, wenn b'r Hunger kommt, zu a vierzehn Nothhelfern beten, und wenn ma dabervon etwa ni satt wird, da muß ma an Stein ins Maul nehmen und dran lutschen. Gell, Baumert?

(Dreißiger, Pfeifer, sowie der Cassirer kommen zurück.)

Dreißiger. Es war nichts von Bedeutung. Der Junge ist schon wieder ganz munter. (Erregt und pustend umhergehend.) Es bleibt aber immer eine Gewissen= losigkeit. Das Kind ist ja nur so'n Hälmchen zum umblasen. Es ist rein unbegreiflich, wie Menschen... wie Eltern so unvernünftig sein können. Bürden ihm zwei Schock Parchend auf, gute anderthalb Meilen Wegs. Es is wirklich kaum zum glauben. Ich werde einfach müssen die Einrichtung treffen, daß Kindern überhaupt die Waare nich mehr abgenommen wird. (Er geht wiederum eine Weile stumm hin und her.) Jedenfalls wünsche ich dringend, daß so etwas nicht mehr vorkommt. — Auf wem bleibt's denn schließlich sitzen? Natürlich doch auf uns Fabrikanten. Wir sind an allem schuld. Wenn so'n armes Kerlchen zur Winters= zeit im Schnee stecken bleibt und einschläft, dann kommt so'n hergelaufener Scribent, und in zwei Tagen da haben wir die Schauergeschichte in allen Zeitungen. Der Vater, die Eltern, die so'n Kind schicken.... i bewahre, wo werden die denn schuld sein! Der Fabrikant muß 'ran, der Fabrikant is' der Sünden= bock. Der Weber wird immer gestreichelt, aber der Fabrikant wird immer geprügelt: das is 'n Mensch ohne Herz, 'n Stein, 'n gefährlicher Kerl, den jeder Preßhund in die Waden beißen darf. Der lebt herrlich und in Freuden und giebt den armen Webern Hungerlöhne. — Daß so'n Mann auch Sorgen hat und schlaflose Nächte, daß er sein großes Risiko läuft, wovon der Arbeiter sich nichts träumen läßt, daß er manchmal vor lauter dividiren, addiren und multipli= ciren, berechnen und wieder berechnen nich' weiß, wo ihm der Kopf steht, daß er hunderterlei bedenken und überlegen muß und immerfort so zu sagen auf Tod und Leben kämpft und concurrirt, daß kein Tag vergeht ohne Aerger und Verlust: darüber schweigt des Sängers Höflichkeit. Und was hängt nicht alles am Fabrikanten, was saugt nich' alles an ihm und will von ihm leben. Nee, nee! ihr solltet nur manchmal in meiner Haut stecken, ihr würd's bald genug satt kriegen. (Nach einiger Sammlung.) Wie hat sich dieser Kerl, dieser Bursche da, dieser Bäcker hier aufgeführt! Nun wird er gehen und ausposaunen, ich wäre wer weiß wie unbarmherzig. Ich setzte die Weber bei jeder Kleinigkeit mir nichts, dir nichts vor die Thür. Is' das wahr? Bin ich so unbarmherzig?

Viele Stimmen. Nee, Herr Dreißicher!

Dreißiger. Na, das scheint mir doch auch so. Und dabei ziehen diese Lümmels umher und singen gemeine Lieder auf uns Fabrikanten, wollen von Hunger reden und haben so viel übrig, um den Fusel quartweise consumiren zu können. Sie sollten mal die Nase hübsch wo anders neinstecken und sehen, wie's bei den Leinwandwebern aussieht. Die können von Noth reden. Aber ihr hier, ihr Parchentweber, ihr steht noch so da, daß ihr nur Grund habt, Gott im Stillen zu danken. Und ich frage die alten fleißigen und tüchtigen Weber, die hier sind: kann ein Arbeiter, der seine Sachen zusammenhält, bei mir auskommen oder nicht?

Sehr viele Stimmen. Ja, Herr Dreißicher!

Dreißiger. Na, seht ihr! — So'n Kerl, wie der Bäcker natürlich nicht. Aber, ich rathe euch, haltet diese Burschen im Zaume; wird mir's zu bunt, dann quittire ich. Dann löse ich das Geschäft auf, und dann könnt ihr seh'n, wo ihr bleibt. Dann könnt ihr seh'n, wo ihr Arbeit bekommt. Bei Ehren=Bäcker sicherlich nicht.

Erste Weberfrau (hat sich an Dreißiger herangemacht, putzt

(mit kriechender Demuth Staub von seinem Rock.) Se habn sich a brinkel angestrichen, gnädicher Herr Dreißicher.

Dreißiger. Die Geschäfte geh'n hundsmiserabel, das wißt ihr ja selbst. Ich setze zu, statt daß ich verdiene. Wenn ich trotzdem dafür sorge, daß meine Weber immer Arbeit haben, so setze ich voraus, daß das anerkannt wird. Die Waare liegt mir da in tausenden von Schocken, und ich weiß heut noch nicht, ob ich sie jemals verkaufen werde. — Nun hab' ich gehört, daß sehr viele Weber hierum ganz ohne Arbeit sind und da... na, Pfeifer mag euch das Weitere auseinandersetzen. — Die Sache ist nämlich die: damit ihr den guten Willen seht... ich kann natürlich keine Almosen austheilen, dazu bin ich nicht reich genug, aber ich kann bis zu einem gewissen Grade den Arbeitslosen Gelegenheit geben, wenigstens 'ne Kleinigkeit zu verdienen. Daß ich dabei ein immenses Risiko habe, ist ja meine Sache. — Ich denke mir halt: wenn sich ein Mensch täglich 'ne Quarkschnitte erarbeiten kann, so ist doch das immer besser, als wenn er überhaupt hungern muß. Hab ich nicht recht?

Viele Stimmen. Ja, ja! Herr Dreißicher.

Dreißiger. Ich bin also gern bereit, noch zweihundert Webern Beschäftigung zu geben. Unter welchen Umständen, wird Pfeifer euch auseinandersetzen. (Er will gehen.)

Erste Weberfrau (vertritt ihm den Weg, spricht überhastet, flehend und bringlich). Gnädijer Herr Dreißicher, ich wollte Sie halt recht freindlich gebetn habn, wenn se vielleicht... ich hab halt zweimal an Jbergang gehabt.

Dreißiger (eilig). Sprecht mit Pfeifer, gute Frau, ich hab mich so schon verspätet. (Er läßt sie stehen.)

Weber Reimann (vertritt ihm ebenfalls den Weg. Im Tone der Kränkung und Anklage). Herr Dreißicher, ich muß mich wirklich beklagn. Herr Feifer hat mer... Ich hab doch fer mei Webe jetzt immer zwölftehalb Beemen kriegt...

Dreißiger (fällt ihm in die Rede). Dort sitzt der Expedient. Dorthin wendet euch: das is die richtige Adresse.

Weber Heiber (hält Dreißiger auf). Gnädiger Herr Dreißicher, (stotternd und mit wirrer Hast) ich wollte se vielmals gittigst gebeten han, ob mir vielleicht und a kennde mer... ob mer d'r Herr Feifer vielleicht und a kennde... a kennde.

Dreißiger. Was wollt ihr denn?

Weber Heiber. Da Vorschuß, dann ich's letzte mal, ich meine, da ich...

Dreißiger. Ja, ich verstehe euch wirklich nicht.

Weber Heiber. Ich war a brinkl sehr ei Noth, weil...

Dreißiger. Pfeifers Sache, Pfeifers Sache. Ich kann wirklich nicht... macht das mit Pfeifer aus. (Er entweicht in's Comptoir.)

(Die Bittenden sehen sich hülflos an. Einer nach dem andern tritt seufzend zurück.)

Pfeifer (die Untersuchung wieder aufnehmend). Na, Annl, was bringst Du?

Der alte Baumert. Was soll's denn da setzn fer a Webe, Herr Feifer?

Pfeifer. Für's Webe zehn Silbergroschen.

Der alte Baumert. Nu das macht sich!

(Bewegung unter den Webern, Flüstern und Murren.)

Ende des ersten Aktes.

Zweiter Akt.

Personen des zweiten Aktes.

Der alte Hammert.
Mutter Hammert, seine Frau.
August, ihr Sohn.
Emma,
Bertha, } ihre Töchter.
Fritz, uneheliches Kind der Emma.
Der alte Ansorge, Häusler und Weber.
Frau Heinrich, Weberfrau.
Moritz Jäger, entlassener Soldat, ehemaliger
    Webergeselle.

Das Stübchen des Häuslers Wilhelm Ansorge zu Kaschbach, im Eulengebirge.

In einem engen, von der sehr schadhaften Diele bis zur schwarz verräucherten Ballendecke nicht sechs Fuß hohen Raum, sitzen: zwei junge Mädchen, Emma und Bertha Baumert an Webstühlen, — Mutter Baumert, eine contracte Alte, auf einem Schemel am Bett, vor sich ein Spulrad, — ihr Sohn August zwanzigjährig, idiotisch, mit kleinem Rumpf und Kopf und langen, spinnenartigen Extremitäten auf einem Fußschemel, ebenfalls spulend. Durch zwei kleine, zum Theil mit Papier verklebte und mit Stroh verstopfte Fensterlöcher der linken Wand bringt schwaches, rosafarbenes Licht des Abends. Es fällt auf das weißblonde, offene Haar der Mädchen, auf ihre unbekleideten, mageren Schultern, sowie dünne wächserne Nacken, auf die Falten des groben Hembes im Rücken, das, nebst einem kurzen Röckchen aus härtester Leinewand, ihre einzige Bekleidung ist. Der alten Frau leuchtet der warme Hauch voll über Gesicht, Hals und Brust: ein Gesicht, abgemagert zum Skelett, mit Falten und Runzeln in einer blutlosen Haut, mit versunkenen Augen, die durch Wollstaub, Rauch und Arbeit bei Licht entzündlich geröthet und wässrig sind — einen langen Kropfhals mit Falten und Sehnen, eine eingefallene, mit verschossenen Tüchern und Lappen verpackte Brust. — Ein Theil der rechten Wand, mit Ofen und Ofenbank, Bettstelle und mehreren grell getuschten Heiligenbildern steht auch noch im Licht. — Auf der Ofenstange hängen Lumpen zum trocknen, hinter dem Ofen ist altes, werthloses Gerümpel angehäuft. Auf der Ofenbank stehen einige alte Töpfe und Kochgeräthe, Kartoffelschalen sind zum dörren auf Papier gelegt ꝛc. ꝛc. — Von den Balken herab hängen Garnsträhne und Weisen. Körbchen mit Spulen stehen neben den Webstühlen. In der Hinterwand ist eine niedrige Thür ohne Schloß. Ein Bündel Weidenruthen ist daneben an die Wand gelehnt. Mehrere schadhafte Viertelkörbe stehen dabei. — Das Getöse der Webstühle, das rythmische Gewuchte der Lade, davon Erdboden und Wände erschüttert werden, das Schlurren und Schnappen des hin und her geschnellten Schiffchens erfüllen den Raum. Da hinein mischt sich das tiefe, gleichmäßig fortgesetzte Getön der Spulräder, das dem Summen großer Hummeln gleicht.

Mutter Baumert (mit einer kläglichen, erschöpften Stimme, als die Mädchen mit weben innehalten und sich über die Gewebe beugen). Mißt er schonn wieder knippn!?

Emma (die ältere der Mädchen, zweiundzwanzigjährig. Indem sie gerißene Fäden knüpft). Eine Art Garn is aber das au!

Bertha (fünfzehnjährig). Das is a so a bißel Zucht mit der Werfte.

Emma. Wo a ock bleibt a so lange? A is doch fort schonn seit um a neune.

Mutter Baumert. Nu eben's, eben's! wo mag a ock bleiben, ihr Mädel?

Bertha. Aengst' euch beileibe ni, Mutter!

Mutter Baumert. 'Ne Angst is das immer!

Emma (fährt fort zu weben).

Bertha. Wart amal, Emma!

Emma. Was is denn?

Bertha. Mir war doch, 's kam jemand.

Emma. 'S wird Ansorge sein, der zu Hause kommt.

Fritz (ein kleiner, barfüßiger, zerlumpter Junge von vier Jahren kommt herein geweint). Mutter mich hungert.

Emma. Wart, Fritzl, wart a bißel! Großvater kommt gleich. A bringt Brot mit und Kerndel.

Fritz. Mich hungert a so, Mutterle!

Emma. Ich sag dersch ja. Bis ock nich einfältich. A wird ja gleich kommen. A bringt a scheenes Brotl mit und Kerndlkoffee. — Wenn ock wird Feierabend sein, da nimmt Mutter de Kartuffelschalen, die trägt se zum Pauer, und der gibbt erderfire a scheenes Neegl Puttermilch firsch Jungl.

Fritz. Wo is er'n hin, Großvater?

Emma. Beim Fabrikanten is a, abliefern, an Käte, Fritzl.

Fritz. Beim Fabrikanten?

Emma. Ja, ja, Fritzl! unten bei Dreißichern in Peterschwalbe.

Fritz. Kriegt a da Brot?

Emma. Ja, ja, a gibbt 'n 's Geld, und da kann a sich Brot kofen.

Fritz. Gibbt der Großvatern viel Geld?

Emma (heftig). O hör uf, Junge, mit dem Gerede. (Sie fährt fort zu weben, Bertha ebenfalls. Gleich darauf halten beide wieder inne.)

Bertha. Geh, August, frag' Ansorgen, ob a nich will anleuchta.

August (entfernt sich, Fritz mit ihm).

Mutter Baumert (mit überhandnehmender, kindischer Angst, fast winselnd). Ihr Kinder, ihr Kinder! Wo der Mann bleibt?!

Bertha. A wird halt amal zu Hauffen reingangen sein.

Mutter Baumert (weint). Wenn a blos nich etwan in a Kretscham gegangn wär.

Emma. Ween ock nich, Mutter! a so eener is unser Vater doch nich.

Mutter Baumert (von einer Menge auf sie einstürzender Befürchtungen außer sich gebracht). Nu... nu... nu sagt amal was soll nu bloß wern? Wenn a 's nu... wenn a nu zuhause kommt... Wenn a 's nu versauft nnd bringt nischt ni zuhause? Keene Handvoll Salz is mehr im Hause, kee Stickl Gebäcke. 'S mecht an Schaufel Feurung sein....

Bertha. Laß 's gutt sein, Mutter! m'r habn Mondschein. M'r gehn in a Pusch. M'r nehmen uns Augustn mite und holn a par Rittl.

Mutter Baumert. Gelt, das Euch d'r Jäger und kriecht Euch zu packn!

Ansorge (ein alter Weber mit hühnenhaftem Knochenbau, der sich tief bücken muß, um in's Zimmer zu gelangen, steckt Kopf und Oberkörper durch die Thür. Haupt und Barthaare sind ihm stark verwildert). Was soll denn sein?

Bertha. Se möchten Licht machen!

Ansorge (gedämpft, wie in Gegenwart eines Kranken sprechend). 'Sis ja noch lichte.

Mutter Baumert. Nu laß Du uns och noch im Finstern sitzen.

Ansorge. Ich muß mich halt och einrichten.
(Er zieht sich zurück.)

Bertha. Nu da siehste's, a so geizig is a.

Emma. Da muß man nu sitzen, bis 'n wird passen.

Frau Heinrich (kommt. Eine dreißigjährige Frau, die ein Kind unter'm Herzen trägt. Aus ihrem abgemüdeten Gesicht spricht marternde Sorge und ängstliche Spannung). Gu'n Abend mitnander.

Mutter Baumert. Nu, Heinrichen, was bringst' uns denn?

Frau Heinrich (welche hinkt). Ich hab mer an Scherb eingetreten.

Bertha. Nu komm her, setz dich. Ich wer sehn, daß ich'n rauskriche.
(Frau Heinrich setzt sich, Bertha kniet vor ihr nieder und macht sich an ihrer Fußsohle zu schaffen.)

Mutter Baumert. Wie geht's b'n drheeme, Heinrichen?

Frau Heinrich (verzweifelter Ausbruch). 'S geht heilich bald nimehr. (Sie kämpft vergebens gegen einen Strom von Thränen. Nun weint sie stumm.)

Mutter Baumert. Fer unser eens, Heinrichen, wärsch am besten, d'r liebe Gott thät a Einsehn habn und nähm uns gar von d'r Welt.

Frau Heinrich (ihrer nicht mehr mächtig, schreit weinend heraus). Meine armen Kinder derhungern m'r! (Sie schluchzt und winselt.) Jich wees mr keen'n Rat nimehr. Ma mag anstelln,

was ma will, ma mag rumlaufen bis man liegen bleibt.
Ich bin mehr tot wie lebendig, und is doch und is
kee anders werden. Neun hungriche Mäuler, die soll
eens nu satt machen. Von was d'n hä? Nächten Abend
hatt' ich a Stickel Brot, 's langte noch nich amal fir
die zwee Kleenstn. Wem solb' ich's d'n gebn, hä?
Alle schrien sie in mich nein: Mutterle mir, Mutterle
mir.... Nee, nee! Und dabrbei kann ich jetzt noch laufen.
Was soll erscht wern, wenn ich zum Liegn komme.
Die par Kartoffeln hat uns 's Wasser mitgenommen.
Mir habn nischt zu brechen und zu beißen.

Bertha (hat die Scherbe entfernt und die Wunde gewaschen). M'r
wolln a Fleckl drum biubn; (zu Emma) such' amol eens!

Mutter Baumert. 'S geht uns ni besser,
Heinrichen.

Frau Heinrich. Du hast doch zum wenigsten
noch deine Mädel. Du hast 'n Mann, der de arbeiten
kann, aber meiner der is m'r vergangne Woche wieder
hingeschlagn. Da hat's 'n doch wieder gerissen und
geschmissen, das ich vor Himmelsangst ni wußte, was
anfangen mit'n. Und wenn a so an Anfall gehabt
hat, da liegt a m'r halt wieder acht Tage feste im
Bette.

Mutter Baumert. Meiner is och nischt nimehr
werth. A fängt och an und klappt zusammen. 'S liegt
'n uf b'r Brust und im Kreuze. Und abgebrannt sind
m'r ebenfalls och bis uf a Fennich. Wenn a heut ni
und a bringt a par Greschl mit, da weeß ich och
ni, was weiter werdn soll.

Emma. Kanst's globen, Heinrichn. Wir sein a
so weit.... Vater hat mußt Ami'n mitnehmen. Wir
missn 'n schlachtn lassn, das m'r ock reen wieder
amal was in a Magn kriegn.

Frau Heinrich. Hätt'r nich an eenziche Handvoll
Mehl ibrich?

Mutter Baumert. O ni a so viel, Heinrichen, kee Kerndel Salz is mehr im Hause.

Frau Heinrich. Nu da wees ich nich! (Erhebt sich, bleibt stehen, grübelt.) Do wees ich wirklich nee! — Da kann ich m'r eemal nich helfen. (In Wuth und Angst schreiend.) Ich wär ja zufriede, wenn's uf Schweinfutter langte! — Aber mit leeren Händn darf ich eemal nich heemkommen. Das geht eemal nich. Da verzeih mersch Gott. Ich weeß mer da eemal keen'n andern Rath nimehr. (Sie hinkt, links mit der Ferse nur auftretend, schnell hinaus.)

Mutter Baumert (ruft ihr warnend nach). Heinrichen, Heinrichen! mach ni etwan ne Tummheit.

Bertha. Die thut sich kee leids an. Glob ock du das nich.

Emma. A so machts doch die immer. (Sie setzt wieder am Stuhl und webt einige Sekunden.)

August (leuchtet mit dem brennenden Talglicht seinem Vater, dem alten Baumert, der sich mit einem Garnpack hereinschleppt, voran).

Mutter Baumert. O jees's, o jees's Mann, wo bleibst ock du a so lange!?

Der alte Baumert. Na, beeß ock ni gleich. Laß mich ock erscht a brinkl verblasen. Sieh lieber dernach, wer de mitkommt.

Moritz Jäger (kommt gebückt durch die Thür. Ein strammer, mittelgroßer, rothbäckiger Reservist, die Husarenmütze schief auf dem Kopf, ganze Kleider und Schuhe auf dem Leibe, ein saubres Hemd ohne Kragen dazu. Eingetreten nimmt er Stellung und salutirt militärisch. In forschem Ton). Gu'n Abend, Muhme Baumert!

Mutter Baumert. Nu da, nu da! bist du wieder zuhause? Hust du uns noch nich vergessen? Nu da setz dich ock. Komm her, setz dich.

Emma (einen Holzstuhl mit dem Rocke säubernd und Jägern hinschiebend). Gu'n Abend, Moritz! willst amal wieder sehn, wie's bei armen Leuten aussieht?

Jäger. Nu sag m'r ock, Emma! ich wollt's ja ni globn. Du hast ja a Jungl, das balde kann Soldate werden. Wo hast d'r d'n den angeschafft?

Bertha, (die dem Vater die wenigen mitgebrachten Lebensmittel

abnimmt, Fleisch in eine Pfanne legt und in den Ofen schiebt, während August
Feuer anmacht). Du kennst doch a Finger Weber?

Mutter Baumert. M'r hatn' 'n doch hier mit
im Stibl. A wollt se ja nehmen, aber a war doch
halt eemal schonn ganz marode uf de Brust. Ich
ha doch das Mädel gewarnt genug. Konnt' se woll
hörn? Nu is a längst tot und vergessen, und die
kann sehn, wie's a Jungen durchbringt. Nu sag m'r
ock, Moritz, wie is denn dir'sch gangen?

Der alte Baumert. Nu bis ock ganz stille
Mutter, fer den is Brot gewachsen; der lacht uns
alle aus; der bringt Kleeder mite wie a Fürscht und
an silberne Cilinderuhre und oben druf noch zehn
Thaler bar Geld.

Jäger (großpratschig hingepflanzt, im Gesicht ein prahlerisches
Schwerenöthterlächeln). Ich kann nich klagen. Mir is's ni
schlecht gangen under a Soldaten.

Der alte Baumert. A is Pursche gewest bein
Rittmeester. Hör ock, a redt wie de vornehmen Leute.

Jäger. Das feine Sprechen hab' ich mer a so
angewehnt, das iich's gar nimeh loo'n kann.

Mutter Baumert. Nee, nee, nu sag mir ock!
a so a Nischtegutts, wie das gewest is, und kommt
a so zu Gelde. Du warscht doch nie nich fer was
Gescheuts zu gebrauchen; du konntst doch kee Strähnl
hintereinander abhaspeln. Ock immer fort, naus;
Meesekasten uffstelln und Rothkätlsprenkel, das war
dir lieber. Nu, iß nich wahr?

Jäger. 'S is wahr, Muhme Baumert. Ich
fing ni ock Kätl, ich fing o Schwalben.

Emma. Da konnten mir immerzu reden: Schwalben
sein giftich.

Jäger. Das war mir egal. Wie iß euch d'n
d'rgangen, Muhme Baumert?

Mutter Baumert. O jee's, gar gar schlimm
in a letzten vier Jahrn. Sieh ock, ich ha halt's

Reißen. Sieh d'r bloß amal meine Finger an. Ich weß halt gar nich, hab ich an Fluß kriegt oder was? Ich bin d'r halt a so elende! Ich kann d'r kee Glied ni bewegen. 'S globts kee Mensch, was ich muß fer Schmerzen derleiden.

Der alte Baumert. Mit der iß jetzt gar schlecht. Die machts nimehr lange.

Bertha. Am Morgen zieh mersche an, am Abend zieh mersche aus. M'r missen se fittern wie a kleenes Kind.

Muttert Baumert (fortwährend mit kläglicher, weinerlicher Stimme). Ich muß mich bedien' lassen hinten und vorne. Ich bin mehr als krank. Ich bin ock ne Last. Was hab ich schon a lieben Herrgott gebetet, a soll mich doch bloßich abruffen, o Jees's, o Jees's, das is doch halt zu schlimm mit mir. Ich weeß doch gar nich ... de Leute kennten denken ... aber ich bin doch 's Arbeiten gewehnt von Kindheet uf. Ich hab doch meine Sache immer konnt leisten, und nu uf eemal (sie versucht umsonst sich zu erheben) 's geht und geht nimehr. — Ich hab an guten Mann und gute Kinder hab ich, aber wenn ich das soll mit ansehn ...! Wie sehn die Mäd'l aus!? Kee Blutt haben se balb nimehr in sich. An Farbe haben se wie de Leintücher. Das geht doch immer egal fort mit dem Schemeltreten, obs a so an Mäd'l dient oder nich. Was habn die fer a bißl Leben. 'S ganze Jahr kommen si nich vom Bänkl runter. Ni amal a par Klunkern haben se sich derschindt, das se sich kennten d'rmite bedecken und kennten sich amal vor a Leuten sehn lassen, oder an Schritt ei die Kirche machen und kennten sich amal ne Erquickung holen. Aussehn thun se wie de Galgengeschlinke, junge Mädel von funfzehn und zwanzig.

Bertha (am Ofen). Nu das raucht wieder a so a bißl!

Der alte Baumert. Nu da sieh ock den Rauch. Na da nimm amal an, kann woll hier Wandel werden?

A stürzt heilig bald ein, b'r Owen. Mir missen'n stürzen lassen, und a Ruß, den missen m'r schlucken. Mir husten alle, eener mehr wie b'r andre. Was huſt't, huſt't, und wenn's uns berwircht, und wenn gleich die Plautze mitegeht; da frägt uns ooch noch kee Mensch bernach.

Jäger. Das is doch Ansorchens Sache, das muß a doch ausbessern.

Bertha. Der wä uns woll ansehn. A mutſcht a so mehr wie genug.

Mutter Baumert. Dem nehmen m'r a so schonn zu viel Platz weg.

Der alte Baumert. Und wemmer erſcht uff=mucken, da fliegen mer naus. A hat bald a halb Jahr keene Mietzinse ni besehn.

Mutter Baumert. A so a eelitzicher Mann, der kennte doch umgänglich sein.

Der alte Baumert. A hat au nischt, Mutter, 's geht 'n o beese genug, wenn a ooch keen'n Stat macht mit seiner Noth.

Mutter Baumert. A hat doch sei Haus.

Der alte Baumert. Nee, Mutter, was redtſt'n. An dem Hause bahier, da is och noch nich a klee Split=terle seine.

Jäger (hat sich gesetzt und eine kurze Pfeife mit schönen Quasten aus der einen, eine Quartflasche Branntwein aus der andern Rocktasche geholt). Das kann auch hier bald nimehr a so weiter gehn. Ich hab mei Wunder gesehn, wie das hierum a so aussieht under a Leuten. Da leben ja in a Städten be Hunde noch besser wie ihr.

Der alte Baumert (eifrig). Gelt, gelt ock? Du weeßt's auch!? Und sagt man a Wort, da heeßt's bloß, 's sein schlechte Zeiten.

Ansorge (kommt, ein irdenes Näpfchen mit Suppe in der einen, in der anderen Hand einen halbfertig geflochtenen „Viertelkorb"). Willkommen, Moritz! Bis du auch wieder da?

Jäger. Scheen Dank, Vater Ansorge.

Ansorge (sein Näpfchen in's Rohr schiebend). Nu sag m'r ock an: du siehst ja bald aus wie a Graf.

Der alte Baumert. Zeich amal bei scheen Uhrla. A hat 'n neuen Anzug mit gebracht und zehn Thaler bar Geld.

Ansorge (kopfschüttelnd). Nu jaja! — Nu nee nee! —

Emma (die Kartoffelschalen in ein Säckchen füllend). Nu will ich ock gehn mit a Schal'n. Vielleicht wird's langen uf a Neegl Abgelassene. (Sie entfernt sich.)

Jäger (während alle mit Spannung und Hingebung auf ihn achten). Na nu nehmt amal an: wie oft habt ihr m'r nich de Helle heiß gemacht. Dir wern se Moritz lehrn, hiß's immer, wart ock, wenn de wirscht zum Militär kommen. Na nu seht' ersch, mir is gar gutt gegangen. A halb Jahr da hat ich de Kneppe. Willich muß man sein, das is 's Haupt. Ich ha 'n Wachtmeister de Stiewelen geputzt; ich ha 'n 's Ferd gestriegelt, Bier geholt. Ich war a so gefirre, wie a Wieslichen. Und uf 'n Posten war ich: Schwerkanon ja, mei Zeug, das mußt ock immer a so finkeln. Ich war b'r erschte im Stalle, b'r erschte beim Appell, b'r erschte im Sattel; und wenn's zur Attake ging — marsch marsch! heiliges Kanonrohr, Kreuzbonnerschlag, Herrrdumeine=gitte!! Und aufgepaßt hab ich, wie a Schißhund. Ich docht' halt immer: hier hilft's nischt, hier mußt de dran globen; und da rafft ich m'r halt a Kopp zusammen, und da ging's och; und da kam's a so weit, das b'r Rittmeister und sagte vor b'r ganzen Schwadron iber mich: Das is ein Husar, wie a sein muß. (Stille. Er setzt die Pfeife in Brand.)

Ansorge (kopfschüttelnd). Da hast du a so a Glicke gehabt?! Nu jaja! — nu nee nee! (Er setzt sich auf den Boden, die Weidenruthen neben sich und flickt, ihn zwischen den Beinen haltend, an seinem Korbe weiter.)

Der alte Baumert. Da wolln m'r hoffen, das de uns bei Glicke mitebringst. — Nu soll mer woll amal mit trinken?

Jäger. Nu ganz natürlich, Vater Baumert, und wenn's alle is, kommt mehr. (Er schlägt ein Geldstück auf den Tisch.)

Ansorge (mit blödem, grinsenden Erstaunen). O mei, mei, das giht ja hier zu... da kreescht a Braten, da steht a Quart Branntwein, (er trinkt aus der Flasche) sollst leben, Moritz! — Nu jaja! nu nee nee! (Von jetzt an wandert die Schnapsflasche.)

Der alte Baumert. Kennten m'r nich zum wenigsten zu allen heilichen Zeiten a so a Stickl Gebratnes habn, stat's das ma kee Fleisch zu sehn kriecht iber Jahr und Tag? — A so muß ma warten, bis een wieder amal a so a Hundl zulauft, wie das hier vor vier Wochen: und das kommt ni ofte vor im Leben.

Ansorge. Haßt Du Ami'n schlachten lassen?

Der alte Baumert. Ob a m'r vollens o noch berhungern that...

Ansorge. Nu jaja, — nu nee nee.

Mutter Baumert. Und war a so a nette, bethulich Hundl.

Jäger. Seit ihr hierum immer noch a so happich uf Hundebraten.

Der alte Baumert. O Jes's, Jes's, wenn m'r ock und hätta 'n genug

Mutter Baumert. Nu da da, a su a Stickl Fleesch is gar rathlich.

Der alte Baumert. Hast' Du ken'n Geschmak nimehr uf su was? Nu da bleib ock bei uns hier, Moritz, da werd' a sich baal wieder einfinden.

Ansorge (schnüffelnd). Nu jaja, — nu nee nee, das is o noch ne Guttschmecke — das macht gar a lieblich Gerichl.

Der alte Baumert (schnüffelnd). D'r reene Zimmt, mecht man sprechen.

Ansorge. Nu sag uns amal beine Meinung, Moritz. Du weißt' doch, wie's in b'r Welt draussen zugeht. Werd das nu hier amal andersch werden mit uns Webern, oder wie?

Jäger. Ma sollts wirklich hoffen.

Ansorge. Mir kenn b'r nich leben und nich sterben hier oben. Uns geht's loba böse, kanst's globen. Eener wehrt sich bis uf's Blutt. Zuletzt muß man sich drein geb'n. De Noth frißt een 's Dach iberm Koppe und a Boden unter a Fißen. Friher, da man noch am Stuhle arbeiten konnte, da hat man sich halb= wegens mit Kummer und Noth doch kunnt a so durch= schlagn. Heute kann ich m'r schon'n iber Jahr und Tag kee Stickl Arbeit mehr erobern. Mit der Korb= flechterei is och ock, das man sei bißl Leben a so= hinfristen tutt. Ich flechte bis in de Nacht nein, und wenn ich in's Bette falle, da hab ich an Beemen und sechs Fenniche berschindt. Du hast doch Bildung, nu da sag amal selber. Kann da woll a Auskommen sein bei der Theurung. Drei Thaler muß ich hin= schmeißen uf Haussteuer, een'n Thaler uf Grund= abgaben. Drei Thaler uf Hauszinse, virzehn Thaler kann ich Verdienst rechen, bleibn fer mich sieben Thaler uf's ganze Jahr. Da dervon soll ma sich nu bekochen, beheizen, bekleiden, beschuhn, ma soll sich bestricken und beflicken, a Quartier muß ma habn und was da noch alles kommt. — Is' s da a Wunder, wenn man de Zinse ni zahln kann.

Der alte Baumert. 'S mißt amal eener hingehn nach Berlin, und mißt's 'n Keeniche vorstelln, wie's uns a so geht.

Jäger. Och nich a so viel nutzt das, Vater Baumert. 'S sein er schonn genug in a Zeitungen druf zu sprechen gekommen. Aber die Reichen, die drehn und die wenden an Sache a so ... die iberteifeln a besten Christen.

Der alte Baumert (kopfschüttelnd.) Das se in Berlin ben Pli nich habn!

Ansorge. Sag Du amal, Moritz, kann das woll meglich sein? Is da gar kee Gesetze b'rfor? Wenn een's nu und schindt sich's Bast von a Händen und kann doch seine Zinse ni ufbringen; kann m'r d'r Pauer mei Häusl da wegnehmen? 'Sis halt a Pauer, der will sei Geld habn. Nu weeß ich gar nich, was de noch werdn soll? — Wenn ich halt und ich muß aus dem Häusl nausgehn.... (Durch Thränen hervor würgend.) Hier bin ich gebor'n, hier hat mei Vater am Web=stuhle gesessen, mehr wie virzig Jahr. Wie oft hat a zu Muttern gesagt: Mutter, wenn's mit mir amal a Ende nimmt, das Häusl halt feste. Das Häusl hab ich errobert meent a iber'sche. Hie is jeder Nagl an durchwachte Nacht, a jeder Balken a Jahr trocken Brot. Da mißt ma doch denken...

Jäger. Die nehmen een's Letzte, die sein's cumpabel.

Ansorge. Nu, ja, ja! — nu, nee, nee! kommt's aber a so weit, da wär mirsch schonn lieber, se trügen mich naus, stats das ich uf meine alten Tage noch naus laufen müßte. Das bißl sterben da! Mei Vater starb o gerne genug. — Ock ganz um de Letzte, da wollb'n a wing Angst wern. Wie ich aber zu'n eis Bette kroch, da wurd a ooch wieder stille. — Wenn ma's a so bedenkt: Dazemal war ich a Jungl von dreizehn Jahrn. Müde war ich, und da schlief ich halt ein, bei dam kranken Manne, — ich verstand's doch nich besser — und da ich halt aufwachte war a schonn kalt.

Mutter Baumert (nach einer Pause). Greif amal in's Röhr, Bertha, und reich Ansorgen de Suppe.

Bertha. Dahier eßt, Vater Ansorge!

Ansorge (unter Thränen essend). Nu nee, nee — — nu jaja!

Der alte Baumert (hat angefangen das Fleisch aus der Pfanne zu essen).

Mutter Baumert. Nu Vater, Vater, du wirscht dich doch gedulden keun'n. Laß ock Berthan vor richtich vorschirrn.

Der alte Baumert (kauend). Vor zwee Jahren war ich's lehtemal zum Abendmale. Gleich dernach verkoofd ich a Gottstischrock. Da dervon koofden m'r a Stickl Schweinernes. Seit dem da hab ich kee Fleesch nimehr gessen bis heut Abend.

Jäger. Mir brauchen o ersicht kee Fleesch, ver uns essen's de Fabrikanten. Die waten im Fette rum bis hie her. Wer das ni gloobt, der brauch ock nunter gehn nach Bielau und nach Peterschwalde. Da kann ma sei Wunder sehn: immer e Fabrikantenschloß hintern andern. Immer e Palast hintern andern. Mit Spiegelscheiben und Thürmeln und eisernen Zäunen. Nee, nee, da spürt keener nischt von schlechten Zeiten. Da langt's uf Gebratnes und Gebacknes, uf Eklipaschen und Kutschen, uf Guvernanten und wer weeß was. Die sticht d'r Haber a so sehr! die wissen gar nich, was de schnell anstelln vor Reechthum und Ibermuth.

Ansorge. In a alten Zeiten da war das ganz a ander Ding. Da ließen de Fabrikanten a Weber mitleben. Heute da bringen se alles alleene durch. Das kommt aber daher sprech ich: b'r hohe Stand gloobt nimehr a kenn Herrgott und kenn Teiwel o nich. Da wissen se nischt von Geboten und Strafen. Da stehln se uns halt a letzten Bissen Brot und schwächen und untergraben uns das biß! Nahrung, wo se kenn'n. Von den Leuten kommt's ganze Unglicke. Wenn unsere Fabrikanten und wärn gute Menschen, da wärn ooch fer uns keene schlechten Zeiten sein.

Jäger. Da paßt amal uf, da wer ich euch amal was scheenes vorlesen. (Er zieht einige Papierblättchen aus der Tasche.) Komm, August, renn in de Schelzerei und hol noch a Quart. Nu August, Du lachst ja ei en' Biegen fort.

Mutter Baumert. Ich weeß nich, was mit dem Jungen is, dem geht's immer gut. Der lacht sich be Hucke voll, mag's kommen wie's will. Na, feeder, feeder! (August ab mit der leeren Schnapsflasche.) Gelt ock Alter du weeßt, was gut schmeckt?

Der alte Baumert (kauend, vom Essen und Trinken muthig erregt). Moritz, du bist unser Mann. Du kannst lesen und schreiben. Du weeßt's, wic's um de Weberei bestellt is. Du hast a Herze fer de arme Weberbevölkerung. Du sollst unsere Sache amal in de Hand nehmen dahier.

Jäger. Wenn's mehr ni is. Das sollte mir ni drauf ankommen; dahier! den Fabrikantenräudeln, den wollt ich viel zu gerne amal a Liedl ufspiel'n. Ich thät m'r nischt draus machen. Ich bin a umgänglicher Kerl, aber, wenn ich amal falsch wer und ich krieg's mit der Wuth, da nehm ich Dreißichern in de eene, Dittrichen, in de andre Hand und schlag se mit a Keppen annander, das n's Feuer aus a Augen springt. — Wenn mir und mer kennten's ufbringen, das m'r zusammen hielten, da kennt m'r a Fabrikanten amal an solchen Krach machen.... Do braucht m'r keen'n Keenich derzu und keene Regierung, da kennten m'r eenfach sagen: mir wolln das und das, und a so und a so ni, und da wärsch bald aus een'n ganz andern Loche feifen dahier. Wenn die ock sehn, das ma Kriin hat, da zieh'n se bald Leine. Die Betbrider kenn' ich! das sein gar feige Luder.

Mutter Baumert. 'S is wirklich bald wahr. Ich bin gewiß ni schlecht. Ich bin gewiß immer diejenigte gewest, die gesagt hat, die reichen Leute missen ooch sein. Aber wenn's a so kommt....

Jäger. Vor mir kennte b'r Teiwel alle holn, der Rasse vergönnt ich's.

Bertha. Wo is denn Vater? (Der alte Baumert hat sich stillschweigend entfernt.)

Mutter Baumert. Ich weeß nich, wo a mag hinsein.

Bertha. Is etwan, das a das Fleescherne nimehr gewehnt is?!

Mutter Baumert (außer sich, weinend). Nu da seht irsch, nu da seht irsch! Da bleibt's 'n noch ni amal. Da wird a das ganze bißel scheenes Essen wieder von sich geben.

Der alte Baumert (kommt wieder, weinend vor Ingrimm). Nee, nee! mit mir is balb gar alle. Mich habn se balb a so weit! Hat man sich amal was gutes bergattert, da kann ma's ni amal mehr bei sich behaltn. (Er sitzt weinend nieder auf die Ofenbank.)

Jäger (in plötzlicher Aufwallung, fanatisch). Und da derbei gibt's Leute, Gerichtsschulzen, garnich weit von hier, Schmärwampen, die de's ganze Jahr nischt weiter zu thun haben, wie uns 'n Herrgott im Himmel a Tag abstehln. Die wolln behaupten, de Weber kennten gut und gerne auskommen, se wern bloß zu faul.

Ansorge. Das sein gar keene Mensche. Das sein Unmensche, sein das.

Jäger. Nu laß ock gut sein, a hat sei Fett. Ich und d'r rothe Bäcker mir habn's 'n eingetränkt und bevor m'r abzogen zu guter letzte, sangen m'r noch's Bluttgerichte.

Ansorge. O Jees's, Jees's, is das das Lied?

Jäger. Ja, ja, hie hab ich's.

Ansorge. 'S heeßt doch glob ich's Dreißicher Lied oder wie.

Jäger. Ich wer'sch amal vorlesen.

Mutter Baumert. Wer hat denn das Lied derfundn?

Jäger. Das weeß kee Mensch nich. Nu hört amal druf. (Er ließt, schülerhaft buchstabirend, schlecht betonend aber mit unverkennbar starkem Gefühl. Alles klingt heraus: Verzweiflung, Schmerz, Wuth, Haß, Rachedurst.)

Hier im Ort ist ein Gericht
Noch schlimmer als die Vehmen,
Wo man nicht erst ein Urtheil spricht,
Das Leben schnell zu nehmen.

Hier wird der Mensch langsam gequält,
Hier ist die Folterkammer,
Hier werden Seufzer viel gezählt
Als Zeugen von dem Jammer.

Der alte Baumert (hat, von den Worten des Liedes gepackt und im Tiefsten aufgerüttelt, mehrmals nur mühsam der Versuchung wider standen, Jäger zu unterbrechen. Nun geht alles mit ihm durch: stammelnd, unter Lachen und Weinen zu seiner Frau). Hier ist die Folterkammer. Der das geschrieben, Mutter, der sagt die Wahrheet. Das kannst Du bezeugen... wie heeßt's? Hier werden Seufzer... wie?... hie wern se viel gezählt...

Jäger. Als Zeugen von dem Jammer.

Der alte Baumert. Du weeßt's, was mir a so seufzn een'n Tag um a andern, ob m'r stehn oder liegen.

Jäger, (während Ansorge, ohne weiter zu arbeiten, in tiefer Erschütterung zusammengesunken dasitzt, Mutter Baumert und Bertha fortwährend die Augen wischen, fährt fort zu lesen).

Die Herr'n Dreißiger die Henker sind,
Die Diener ihre Schergen,
Davon ein Jeder tapfer schindt,
Anstatt was zu verbergen.
Ihr Schurken all, ihr Satansbrut,

Der alte Baumert (mit zitternder Wuth den Boden stampfend). Ja, Satansbrut!!!

Jäger (liest).
Ihr höllischen Dämone,
Ihr freßt der Armen Hab und Gut,
Und Fluch wird euch zum Lohne.

Ansorge. Nu, jaja, das is auch an Fluch werth.

Der alte Baumert, (die Faust ballend, drohend). Ihr freßt der Armen Hab und Gut.

Jäger (liest).
Hier hilft kein Bitten und kein Fleh'n,
Umsonst ist alles klagen.
"Gefällt's euch nicht, so könnt ihr gehn
Am Hungertuche nagen."

Der alte Baumert. Wie steht's? Umsonst ist alles klagen? Jedes Wort ... jedes Wort ... da is alls a so richtig, wie in d'r Bibel. Hier hilft kein Bitten und kein Fleh'n.

Ansorge. Nu, jaja! nu, nee nee! da thutt schonn nischt helfen.

Jäger (liest).
Nun denke man sich diese Noth
Und Elend dieser Armen,
Zu Haus oft keinen Bissen Brod,
Ist das nicht zum Erbarmen!

Erbarmen, ha! ein schön' Gefühl,
Euch Kannibalen fremde,
Ein jedes kennt schon euer Ziel,
'S ist der Armen Haut und Hemde.

Der alte Baumert (springt auf, hingerissen zu bekrantet Raserei). Haut und Hemde. Alls richtich, 's is der Armuth Haut und Hemde. Hier steh ich, Robert Baumert, Webermeister von Kaschbach. Wer kann vortreten und sagn.... Ich bin ein braver Mensch gewest mei Lebe lang, und nu seht mich an! Was hab ich davon? Wie seh ich aus? Was habn se aus mir gemacht? Hier wird der Mensch langsam gequält. (Er reckt seine Arme hin.) Dahier, greift amal an, Haut und Knochen. Ihr Schurken all, ihr Satansbrut!! (Er bricht weinend vor verzweifelten Ingrimm auf einen Stuhl zusammen.)

Ansorge (schleudert den Korb in die Ecke, erhebt sich, am ganzen Leibe zitternd vor Wuth, stammelt hervor). Und das muß anderscher wern, sprech ich, jetzt uf der Stelle. Mir leiden's nimehr! Mir leiden's nimehr, mag kommen, was will.

Ende des zweiten Aktes.

Dritter Akt.

Personen des dritten Aktes.

Bäcker.
Moritz Jäger.
Der alte Baumert.
Der alte Ansorge.
Welzel, Gastwirt.
Frau Welzel, seine Frau.
Anna Welzel, seine Tochter.
Ein Reisender.
Wiegand, Tischler.
Hornig, Lumpensammler.
Ein Bauer.
Ein Förster.
Wittig, Schmied.
Kutsche, Gensdarm.
Eine Anzahl alter und junger Weber.

Die Schenkstube im Mittelkretscham zu Peterswaldau, ein großer Raum, dessen Balkendecke durch einen hölzernen Mittelpfeiler, um den ein Tisch läuft, gestützt ist. Rechts von dem Pfeiler, so daß der Pfosten nur verdeckt wird, liegt die Eingangsthür in der Hinterwand. Man sieht durch sie in den großen Hausraum, der Fässer und Brauergeräth enthält. Im Innern, rechts von der Thür in der Ecke, befindet sich das Schenksims: eine hölzerne Scheidewand von Mannshöhe mit Fächern für Schankutensilien, dahinter ein Wandschrank, enthaltend Reihen von Schnapsflaschen, zwischen Scheidewand und Litörschrank ein kleiner Platz für den Schenkwirth. Vor dem Schenksims steht ein mit bunter Decke gezierter Tisch. Eine hübsche Lampe hängt darüber, mehrere Rohrstühle stehen darum. Unweit davon an der rechten Wand führt eine Thür mit der Aufschrift „Weinstube" ins Honoratiorenstübchen. Noch weiter vorn rechts tickt die alte Standuhr. Links von der Eingangsthür, an der Hinterwand steht ein Tisch mit Flaschen und Gläsern und weiterhin in der Ecke der große Kachelofen. Die linke Seitenwand hat drei kleine Fenster, darunter hinlaufend eine Bank, davor je einen großen hölzernen Tisch, die schmale Seite der Wand zugekehrt. An den Breitseiten der Tische stehen Bänke mit Lehnen, an den inneren Schmalseiten je ein einzelner Holzstuhl. Das große Lokal ist blau getüncht, mit Plakaten, bunten Bilderbogen und Oeldrucken behangen, darunter das Portrait Friedrich Wilhelms IV.

Scholz Welzel, ein gutmütiges Koloß von über 50 Jahren, läßt hinter dem Schenksims Bier aus einem Fasse in ein Glas laufen.

Frau Welzel plättet am Ofen. Sie ist eine stattliche, sauber gekleidete Frau von noch nicht 36 Jahren.

Anna Welzel, eine 17jährige, hübsche Person mit prachtvollen, rothblonden Haaren sitzt propper gekleidet und mit einer Stickarbeit beschäftigt hinter dem gedeckten Tisch. Einen Augenblick blickt sie von der Arbeit auf und lauscht, denn aus der Ferne kommen Töne eines von Schulkindern gesungenen Grabchorals.

Meister Wiegand, der Tischler, sitzt an dem gleichen Tisch in seiner Arbeitstracht hinter einem Glase bairischen Bieres. Er ist ein Mann, dem man anmerkt, er weiß, worauf es in der Welt ankommt, wenn man ein Ziel erreichen will, nämlich auf Pfiffigkeit, Schnelligkeit und rücksichtsloses Fortschreiten.

Ein Reisender am Säulentisch kaut mit Eifer an einem deutschen Beafsteak. Er ist mittelgroß, wohlgenährt, wohlaufgeschwemmt, aufgelegt zur Heiterkeit, lebhaft und frech. Er trägt sich modern, seine Reiseeffekten, Tasche, Musterkoffer, Schirm, Ueberzieher und Plüschdecke liegen neben ihm auf Stühlen.

Welzel, (dem Reisenden ein Glas Bier zutragend, seitwärts zu Wiegand). 'S is ja heute d'r Teifel los in dem Petersch=walde.

Wiegand (mit einer scharfen trompetenden Stimme). Nu 's is halt doch Liefertag bei Dreißichern oben.

Frau Welzel. 'S ging aber doch sonste nich a so lebhaft zu.

Wiegand. Nu 's kennde vielleicht sein, 's wär wegen da Zweehundert neuen Webern, die a will noch annehmen jetzte.

Frau Welzel, (immer plättend). Ja, ja, das wird's sein. Will a zweehundert, da wern er woll sechs=hundert kommen sein. M'r habn 'r ja genug von der Sorte.

Wiegand. O jes's, jes's, die langen zu. Und wenn's den och schlecht geht, die sterben ni aus. Die setzen mehr Kinder in be Welt, wie mer gebrauchen ken'n. (Der Choral wird einen Augenblick stärker hörbar.) Nu kommt au noch das Begräbniß d'rzu. D'r Nentwich Weber is doch gestorben.

Welzel. Der hat lange genug gemacht. Der lief doch schonn iber Jahr und Tag ock bloß rum wie a Gespenste.

Wiegand. Kannst's glooben, Welzel, a so a klee numpern Särgl, a so a rasnich klee, winzich Dingel, das hab ich doch noch keemal ni zusammengeleimt. Das war d'r a Leichel, das wog noch nich neunzig Fund.

Der Reisende, (kauend). Ich verstehe blos nich... wo man hinblickt, in irgend 'ne Zeitung, da liest man die schauerlichsten Geschichten von der Webernot, da kriegt man einen Begriff von der Sache, als wenn hier die Leute alle schon dreiviertel verhungert wären. Und wenn man dann so'n Begräbniß sieht. Ich kam grade im Dorfe rein. Blechmusik, Schullehrer, Schulkinder, der Pastor und ein Zopp Menschen hinterdrein, Herrgott, als wenn der Kaiser von China begraben würde. Ja, wenn die Leute das noch bezahlen können...! (Er trinkt Bier. Nachdem er das Glas wieder hingestellt, plötzlich mit frivoler Leichtigkeit.) Nich wahr, Fräulein? Hab' ich nich Recht?

Anna (lächelt verlegen und stickt eifrig weiter).

Der Reisende. Gewiß 'n Paar Morgenschuhe für 'n Herrn Papa.

Welzel. O ich mag solche Dinger erscht nich an a Fuß ziehn.

Der Reisende. Na, hör'n Sie mal an! Mein halbes Vermögen gäb' ich, wenn die Pantoffeln für mich wär'n.

Frau Welzel. Fer sowas, da hat er eemal kee Verständnis nich.

Wiegand, (nachdem er mehrmals gehüstelt, mit dem Stuhle gerückt und einen Anlauf zum Reden genommen hat). Der Herr haben sich iber das Begräbnis wunderlich ausgedrückt. Nu sagen sie mal, junge Frau, das is doch 'n kleines Leichenbegängnis?

Der Reisende. Ja, da frag ich mich aber... Das muß doch barbarisch Geld kosten. Wo kriegen die Leute das Geld nu her?

Wiegand. Se werden ergebenst entschuldigen,

mein Herr, das is so'ne Unverständlichkeit unter der hiesigen armen Bevölkerungsklasse. Mit Erlaubnis zu sagen, die machen sich so'ne ibertriebliche Vorstellichkeit von wegen der schuldigen Ehrfurcht und pflichtmäßigen Schuldigkeit gegen selig entschlafene Hinterbliebene. Wenn das und sind gar verstorbene Eltern, da is das nu so ein Aberglaube, da wird von den nächsten Nachkommen und Erblassern das letzte zusammengekratzt, und was die Kinder nich auftreiben, das wird von den nächsten Magnaten geborgt. Und da kommen die Schulden bis iber die Ohren; Hochwürden der Pastor wird verschuldet, der Küster und was da alles fer Leute herumstehen. Und das Getränk und das Essen und dergleichen Notdurst. Nee, nee, ich lobe mir respective Kindlichkeit, aber nich, daß die Leidtragenden ihr ganzes Leben unter Verpflichtigungen davor gedrückt werden.

Der Reisende. Erlauben Sie mal, das müßte doch der Paster den Leuten ausreden.

Wiegand. Se werden ergebenst entschuldigen, mein Herr, ich muß hier befürworten, daß jede kleine Gemeinde ihr kirchliches Gotteshaus hat und ihren Seelenhirten Hochwürden erhalten muß. An so'nem großen Begräbnisfest, da hat die hohe Geistlichkeit ihre scheene Ibervorteilung. Desto zahlreicher so eine Grablegung gehandhabt wird, je umfänglicher auch die Offertorien fließen. Wer die hiesigen arbeitenden Verhältnisse kennt, der kann mit unmaßgeblicher Bestimmtheit behaupten, die Herren Farrer dulden bloß widerstreblich die stillen Begräbnisse.

Hornig (kommt, kleiner, obenliger Alter, ein Ziehband um Schulter und Brust. Er ist Lumpensammler). Scheen gun Tag och. An eefache mecht ich bitten. Na, junge Frau, habn se was Lumpiges? Jungfer Anna! Scheene Zopbändl, Hembbändl, Strumpbändl hab ich im Wägl, scheene Stecknadeln, Haarnadeln, Häkel und Esel. Alles geb ich fer a par Lumpen. (In veränderten Tone.) Von den Lumpen da wird a scheen weiß Papierl gemacht, und da schreibt der liebe Schatz a hibsch Briesel druf.

Anna. O, ich bedank mich, ich mag keen'n Schatz.

Frau Welzel, (einen Bolzen einlegend). A so is das Mädel. Vom Heirathen will se nischt wissen.

Der Reisende. (springt auf, scheinbar freudig überrascht, tritt an den gedeckten Tisch und streckt Anna die Hand hinüber). Das is gescheidt, Fräulein, machen Sie's wie ich. Topp! Geben Sie mir den Patsch! Wir beide bleiben ledig.

Anna, (puterroth, giebt ihm die Hand). Nu Sie sein doch schon verheirathet?!

Der Reisende. I Gott bewahre, ich thu bloß so. Sie denken wohl, weil ich den Ring trage?! Ach den habe ich bloß an den Finger gesteckt um meine bestrickende Persönlichkeit vor unlauteren Angriffen zu schützen. Vor Ihnen fürchte ich mich nicht. (Er steckt den Ring in die Tasche.) — Sagen Sie mal im Ernst, Fräulein, wollen Sie sich niemals auch nur so'n ganz kleenes bissel verheirathen?

Anna, (kopfschüttelnd). O wärsch doch!

Frau Welzel. Die bleibt Ihn ledich oder'sch muß was sehr Rares sein.

Der Reisende. Nu warum auch nich? 'N reicher schlesischer Magnat hat die Kammerjungfer seiner Mutter geheirathet, und der reiche Fabrikant Dreißiger hat ja auch 'ne Scholzentochter genommen. Die is nich halb so hibsch wie Sie, Fräulein, und fährt jetzt fein in Equipage mit Livréediener. Warum d'n nich? (Er geht umher sich dehnend und die Beine vertretend.) Eine Tasse Kaffee wer' ich trinken.

Ansorge und der alte Baumert (kommen, jeder mit einem Pack, und setzen sich still und demüthig zu Hornig an den vordersten Tisch links).

Welzel. Willkommen! Vater Ansorge, sieht man Dich wider amal.

Hornig. Kommst Du o noch amal aus Den'n verräucherten Geniste gekrochen?

Ansorge, (unbeholfen und sichtlich verlegen). Ich hab m'r wieder amal ne Werfte geholt.

Baumert. A will fer zehn Behmen arbeiten.

Ansorge. Ich hätt's ni gemacht, aber mit der Korbflechterei hat's auch a Ende genommen.

Wiegand. 's is immer besser wie nischt. A tut's ja ock, daß b'r ne Beschäftigung habt. Ich bin sehr gut bekannt mit Dreißigern. Vor acht Tagen nahm ich 'n de Doppelfenster raus. Da redten m'r drüber. A tut's bloß aus Barmherzigkeet.

Ansorge. Nu ja, ja — nu nee, nee.

Welzel (den Webern je einen Schnaps vorsetzend). Hie wird sein. Nu sag amal, Ansorge. Wie lange hast Du Dich ni mehr rasirn lossen? — Der Herr mechts gerne wissen.

Der Reisende (ruft herüber). Ach, Herr Wirt, das hab' ich doch nich gesagt. Der Herr Webermeister ist mir nur aufgefallen durch sein ehrwürdiges Aussehen. Solche Hünengestalten bekommt man nicht oft zu sehn.

Ansorge (krant sich verlegen den Kopf). Nu ja, ja — nu nee, nee.

Der Reisende. Solche urkräftige Naturmenschen sind heutzutage sehr selten. Wir sind von der Kultur so beleckt.... aber ich hab' noch Freude an der Urwüchsigkeit. Buschige Augenbrauen! So'n wilder Bart....

Hornig. Nu sehn's ock, werter Herr, ich wer ihn amal was sagn: bei da Leuten da langt's halt ni uf a Balbier, und a Rasiermesser kenn se sich schonn lange ni derschwingen. Was wächst, wächst. Uf a äußern Menschen kenn die nischt nich verwenden.

Der Reisende. Aber ich bitte Sie, lieber Mann, wo wer' ich denn.... (Leise zum Wirt.) Darf man dem Haarmenschen 'n Glas Bier anbieten?

Welzel. J beileibe, der nimmt nischt. Der hat gar kom'sche Mucken.

Der Reisende. Na, dann nich. Erlauben Sie, Fräulein? (Er nimmt an dem gedeckten Tische Platz.) Ich kann Sie versichern, Ihr Haar sticht mir schon, seit ich rein kam, derart in die Augen, dieser matte Glanz, diese Weichheit, diese Fülle! (Er läßt gleichsam entzückt seine Fingerspitzen.) Und diese Farbe .... wie reifer Weizen. Wenn Sie mit dem Haar nach Berlin kommen, Sie machen Furore. Parole d'honneur, mit dem Haar können Sie an den Hof gehen. ... (Zurückgelehnt das Haar betrachtend.) Prachtvoll, einfach prachtvoll.

Wiegand. Derwegen hat se ja auch eine scheene Benennung erfahren.

Der Reisende. Wie heißt sie denn da?

Anna (lacht immerfort in sich hinein). O. Hörn Se nich drauf!

Hornig. Das is doch b'r Fuchs, ni wahr?

Welzel. Nu heert aber uf! Macht m'r das Mädel ni noch vollens gar verdreht! Se habn 'r schonn Raupen genug in a Kopp gesetzt. Heute will se an Grawen, morgen soll's schonn a Firscht sein.

Frau Welzel. Mach Du das Mädel ni schlecht, Mann! Das is kee Verbrechen, wenn b'r Mensch will vorwärts kommen. A so wie Du freilich denkst, a so denken ni alle. Das wär auch ni gutt, da käm keener vom Flecke, da blieben se alle sitzen. Wenn Dreißigers Großvater a so hätte gedacht, da wär a woll sein a armer Weber geblieben. Jtzt sein se steinreich. D'r alte Tromtra war o nich mehr wie a armer Weber, nu hat a zwelf Rittergüter und is oben druf adlig geworn.

Wiegand. Alles, was de Recht is, Welzel. der Sache da is Deine Frau uf'm rechtlichen ·ge. Das kann ich underfertigen. Hätt ich a so wie Du gedacht, wo wern ock itzt meine sieben Gesellen?

Hornig. Du weeßt druf zu laufen, das muß Dir dr Neid lassen. Wenn b'r Weber noch uf zwee Been'n rumlauft, da machst Du'n schonn a Sarg fertig.

Wiegand. Wer be will mitkummen, muß sich berzu halten.

Hornig. Ja, ja, Du hälst Dich o noch berzu. Du weeßt besser wie a Dokter, wenn b'r Tod unt a Weberkindl kommt.

Wiegand (kaum noch lächelnd, plötzlich wüthend). Und Du weßt's besser wie de Poll'zei, wo de Nipper sitzen unter a Webern, und die be sich jede Woche a hibsch Neegl Spul'n ibrig machen. Du kommst nach Lumpen und nimmst o a Feifl Schußgarn, wenn's druf ankommt.

Hornig. Und Dei Weizen blüht uf'm Kirchhowe. Je mehr das uf de Hobelspähne schlafen gehn, umt desto besser fer Dich. Wenn Du die vielen Kinder= gräbl ansiehst, da kloppst Du dr uf a Pauch und sagst: 'S war heuer wieder a gudes Jahr; die kleen'n Kreppe sein wieder gefalln, wie de Maikäwer von a Bäumen. Da kann ich m'r wieder a Quart zulegen de Woche.

Wiegand. Derwegen, da wär ich noch lange kee Hehler.

Hornig. Du machst heechstens amal an reichen Parchenfabrikanten an toppelte Rechnung, oder holst a Paar ibrige Brätel von Dreißijersch Bau, wenn b'r Mond amal grade ni scheint.

Wiegand (ihm den Rücken wendend). O, räb' Du mit wem De willst, ock mit mir nich. (Plötzlich wieder.) Lügen= hornich!!

Hornig. Toten=Tischler!

Wiegand (zu den Anwesenden). A kann's Vieh behexen.

Hornig. Sieh Dich vor, sag ich d'r bloß sonst mach ich amal mei Zeichen. (Wiegend wird bleich.)

Frau Wetzel (war hinausgegangen und setzt nun dem Reisenden Kaffe vor). Soll ich Ihn'n a Kaffee lieber in's Stiebel tragen?

Der Reisende. I, was denken Sie! (Mit einem schmachtenden Blick auf Anna.) Hier will ich sitzen, bis ich sterbe.

Ein junger Förster und ein Bauer (der Letztere mit einer Peitsche kommen, Beide) Gu'n Mittag! (Sie bleiben am Schenktisch stehen.)

Der Bauer. Zwee Ingwer mechten mir habn.

Welzel. Willkommen mit n'ander! (Er gießt das Verlangte ein; die Beiden ergreifen die Gläschen, stoßen damit an, trinken davon und stellen sie auf das Schenktisch.)

Der Reisende. Nun, Herr Förster, tüchtigen Marsch gemacht?

Der Förster. 'S geht. Ich komme von Stein= seifferschdorf.

(Erster und zweiter alter Weber kommen und setzen sich zu Ansorge, Baumert und Hornig.)

Der Reisende. Entschuldigen Sie, sind Sie Gräflich Hochheimscher Förster?

Der Förster. Gräflich Keil'sch bin ich.

Der Reisende. Freilich, freilich, das wollt' ich ja auch sagen. Es is hier zu schlimm mit den vielen Grafen und Baronen und Freiherrlichen Gnaden. Man muß 'n Riesengedächtnis habn. Zu was haben Sie denn die Axt, Herr Förster?

Der Förster. Die hab ich Holzdieben weg= genommen.

Der alte Baumert. Unse Herrschaft, die nimmt's gar sehr genau mit a par Scheiten Brennholz.

Der Reisende. Nu erlauben Sie, das geht doch ooch nich, wenn da jeder holen wollte...

Der alte Baumert. Mit Verlaub zu reden, hie is das wie iberall, mit a klein'n und a großen

Dieben; hier sein welche, die treiben Holzhandel im Großen und wer'n reich von gestohlnen Holze. Wenn aber a armer Weber...

Erster alter Weber (unterbricht Baumert). Mir derfen kee Zweigl nehmen, aber de Herrschaft, die greift uns desto forscher an, die zieht uns 's Leder egelganz iber de Ohren runter. Da sein zu entrichten Schutz= gelder, Spinngelder, Naturalleistungen, da muß ma umsonste Gänge laufen und Howearbeit thun, ob ma will oder nich.

Ansorge. 'S is halt a so: was uns dr Fabrikante ibrich läßt, das holt uns d'r Edelmann vollens aus dr Tasche.

Zweiter alter Weber (hat am Nebentisch Platz genommen). Ich hab's o 'n gnäbijen Herrn selber gesagt. Se werdn gittigst verzeihn, Herr Graf, meent ich ibern, das Jahr kann ich a so viel Howetage eemal ni leisten. Ich streits eemal nich! Denn warum? Se wern entschuldijen mir hat's Wasser alles zu Schanden gemacht. Mei bißel Acker hat's weg= geschwemmt. Ich muß Tag und Nacht schaffen, wenn ich will leben. A so a Unwetter... Ihr Leute, Ihr Leute! Ich stand ock immer und rang de Hände. Der scheene Boden, der kam ock immer a so über a Berg rundergewellt und in's Häusl nein; und der scheene, teure Samen!... O Jes's, o jes's, da hab ich ock immer a so in de Wolken nein geprillt und acht Tage lang hab ich geflennt, daß ich balb keene Straße ni mehr sah... Und dernach konnt ich mich mit achtzig schweren Radwern Boden über a Berg wieder nufquäln.

Der Bauer (roh). Ihr macht ja a schauderhaftiges Gelammetire dahier. Was de d'r Himmel schickt, das miss' mir uns alle gefalln laßn. Und wenn's euch sonst' nich zum Besten geht, wer is denn Schuld, wie Ihr selber? Wie's Geschäft gutt ging, was habt'r gemacht? Alls verspielt und versoffen habt'r. Hätt' Ihr euch dazemal was derspart, da wär jetzt a Nothpfennig da sein, da braucht'r kee Garn und kee Holz stehln.

Erster junger Weber. (mit einigen Kameraden im „Hause", spricht laut zur Thüre herein). A Pauer bleibt a Pauer, und wenn a schläft bis um Neune.

Erster alter Weber. Das is jetzt a so: D'r Pauer und d'r Edelmann, die ziehn a een'n Strange. Will a Weber an' Wohnung habn, da sagt d'r Pauer, ich geb b'r a klee Lechl' zum drinne Wohn, Du zahlst m'r scheene Zinse und hilfst m'r mei Heu und mei Getreide reinbringen, und wenn de ni willst, da sich, wo de bleibst. Kommt eener zum Zwecten, der machts wie d'r erschte.

Baumert (grimmig). Ma is wie a Griebsch, an dem alle rumfressen.

Der Bauer. (aufgebracht). O, Ihr verhungerten Luder, zu was wär't Ihr zu gebrauchen? Kennt Ihr an Flug in a Acker dricken? Kennt Ihr woll ne gleiche Furche ziehn, oder ne Mandel Habergarben uf a Wagn reechen? Ihr seid ja zu nischt nutze wie zum Faullenzen, und bei a Weibern liegen. Ihr wär't Scheißkerle! Ihr kennt een was nitzen. (Er hat indeß gezahlt und geht ab. Der Förster folgt ihm lachend. Welzel, der Tischler und Frau Welzel lachen laut. Der Reisende für sich. Als das Gelächter verstummt, tritt Stille ein.

Hornig. A so a Pauer der is wie a Bremmerochse... Wenn ich ni wißte, was hie fir ne Noth is. In den Derfern hi nuff. Was hat man da alles zu sehn kriicht. Zu viern und fünfen lagen se nackt uf en'n eenzichen Strohsack.

Der Reisende (in milde verweisendem Tone). Erlauben Sie mal, lieber Mann. Ueber die Not im Gebirge sind doch die Ansichten recht verschieden, wenn Sie lesen können...

Hornig. O, ich les alls vom Blatte runder, a so gutt wie Sie. Nee, nee, ich wersch wissen ich bin genug rumkommen bei da Leuten. Wenn man's Kupsel Stick a vierzig Jahr uf'm Puckel gehabt hat, da wird ma woll was wissen zu guder letzt. Wie warsch denn mit Fullern? Die Kinder, die klaubten mit Nachbarsch Gänsen im Miste rum. Gestorben sein de Leute — nackend — uf a Fliesen im Hause. Stinkende Schlichte habn se gefressen vor Himmels=angst. Hingerafft hat se d'r Hunger zu hunderten und aberhunderten.

Der Reisende. Wenn Sie lesen können, müssen Sie doch auch wissen, daß die Regierung genaue Nachforschungen hat anstelln lassen, und daß...

Hornig. Das kennt man, das kennt man: Da kommt so a Herr von d'r Regierung, der alles schon besser weeß, wie wenn a's gesehn hätte, der geht a so a bißl im Dorfe rum, wo de Bache ausfließt, und de scheensten Häuser sein. De scheen'n blanken Schuhe, die will a sich weiter ni beschmutzen. Da denkt a halt, 's wird woll ieberall a so scheen aussehn und steigt in de Kutsche und fährt wieder heem. Und da schreibt a nach Berlin, 's wär und wär eemal keene Not nich. Wenn a aber und hätte a bissel Geduld gehabt und wär in da Dersern nuf gestiegen, bis wo de Bache eintritt, und ieber de Bache nieber uf de kleene Seite, oder gar abseit wo de kleen'n eenzelnen Klitschen stehn, die alten Schaubennester an a Bergen, die de manchmal a so schwarz und hinfällig sein, daß s'n s' Streichhelzl ni verlohnt um a so a Ding anzustecken, da wär a woll andersch habn nach Berlin bericht't. Zu mir hätten se solln kommen de Herrn von d'r Regierung, die's nich haben globen wollen — daß hier ne Noth wär. Ich hätt'n amal was ufgezeicht. Ich wollt'n amal de Augen ufkneppen in allen den Hungernestern hier nein.

(Man hört draußen das Weberlied singen.)

Welzel. Da singen se schonn wieder das Teifelslied.

Wiegand. Die stell'n ja 's ganze Dorf uf a Kopp.

Frau Welzel. S'is reen, als wenn was in d'r Luft läg'.

(Jäger und Bäcker Arm in Arm, an der Spitze einer Schaar junger Weberburschen, betreten lärmend das „Haus" und von da die Wirtsstube.)

Jäger. Schwadron halt! Abgesessen! (Die Angekommenen begeben sich zu den verschiedenen Tischen, an denen bereits Weber sitzen, mit ihnen Gespräche anknüpfend.)

Hornig, (Bäcker zurufend). Nu sag ock blos, was geht denn vor, daß d'r a so ei hellen Haufen beinander seid?

Bäcker (bedeutsam). Vielleichte wird amal was vorgehn. Gelt ock, Moritz?!

Hornig. Nu wersch doch! Macht ock ni Dinge.

Bäcker. 'Sis o schonn Blut geflossen. Willst's sehn? (Er streift seinen Ärmel herauf und zeigt ihm blutende Impfstellen am nackten Oberarm. Wie er, so thun auch viele der jungen Weber an den übrigen Tischen.)

Bäcker. Beim Bader Schmidt warn mir, impfen lassen.

Hornig. Na nu wirds Tag. Da kan man sich ni wundern, daß a so a Teeps is uf allen Gassen. Wenn solche Leubel im Dorfe rum schwuchtern.!

Jäger, (sich protzenhaft aufspielend, mit lauter Stimme). Gleich zwee Quart, Welzel! Ich zahl's. Denkst etwan, ich hab kee Puttputt? Nu harr ock sachte! Wenn mir sonst wollten, da kennten mir Scheps trinken und Kaffee lappern, bis morgen früh, a so gutt wie a Reisender. (Gelächter unter den jungen Webern.)

Der Reisende (mit komischem Erstaunen). Meinen Sie mir oder meinen Sie mich? (Der Wirt, die Wirtin und ihre Tochter, Tischler Wiegand und der Reisende lachen.)

Jäger. Immer den, der fragt.

Der Reisende. Erlauben Sie mal, junger Mensch, Ihr Geschäft scheint recht gut zu gehn.

Jäger. Ich kann ni klagn. Ich bin Konfektionsreisender. Ich mach mit'n Fabrikanten Halbpart. Je mehr d'r Weber hungert, um desto fetter speis ich. Je grösser de Noth, desto grösser mei Brot.

Bäcker. Das haste gutt gemacht, sollst leben, Moritz!

Welzel (hat den Kornschnaps gebracht. Auf dem Rückwege zum Schenktisms bleibt er stehn und wendet sich langsam in all seinem Phlegma und seiner Massigkeit wieder den Webern zu. Mit eben soviel Ruhe als Nachdruck.) Lasst Ihr den Herrn zufrieden, der hat Euch nischt nich gethan.

Stimmen junger Weber. Mir thun 'n ja auch nischt.

(Frau Welzel hat mit dem Reisenden einige Worte gewechselt. Sie nimmt die Tasse mit dem Kaffeerest, und bringt sie in das Nebenstübchen. Der Reisende folgt ihr dahin unter dem Gelächter der Weber.)

Stimmen junger Weber (singend). Die Herren Dreißiger die Henker sind, die Diener ihre Schergen....

Welzel. Pscht, pscht! Das Lied singt, wo er wollt. Ei mein' Hause dulb ich's nich.

Erster alter Weber. A hat ganz Recht, laßt Ihr das Singen.

Bäcker (schreit). Aber bei Dreißigern miß mer noch amal vorbeiziehn. Der muß unser Lied noch amal zu hörn kriegen.

Wiegand. Treibt's ock ni gar zu tolle, daß a ni etwa amal falsch versteht! (Gelächter und Hoho!!)

Der alte Wittig (ein grauhaariger Schmied, ohne Mütze, in Schurzfell und Holzpantinen, rußig, wie er aus der Werkstatt kommt, ist eingetreten und wartet am Schenktisch stehend auf ein Glas Branntwein). Laß ock Du die geruhig a bissel a Theater machen. Die Hunde, die de viel kläffen, beißen nich.

Stimmen alter Weber. Wittig, Wittig!

Wittig. Hie hengt a. Was gibbt's denn?

Stimmen alter Weber. „Wittig is da." „Wittig, Wittig." „Komm her, Wittig, setz Dich zu uns." „Komm her zu uns, Wittig."

Wittig. Ich wer mich in Obacht nehmen und wer mich zu solchen Gothen setzen.

Jäger. Komm, trink amal mit.

Wittig. O behalt dir den'n Branntwein. Will ich trinken, zahl ich 'n selber. (Er setzt sich mit seinem Schnaps glas zu Baumert und Ansorge. Dem letzteren auf den Bauch klopfend.) Was haben die Weber fer eine Speis'? Sauerkraut und Läusefleisch.

Der alte Baumert (extatisch). Nu aber wie b'n da, wenn se nu, und sein nimmehr zufriede dermit?

Wittig (mit gemachtem Staunen den Weber dumm anglotzend). Nu, nu, nu, sag mer ock, Heinerle, bist Du's? (Unbändig herauslachend.) Ihr Leute, Ihr Leute, ich lach mich tot. Der ale Baumert will Rebellion machen. Nu wer'n mersch habn: Itzt fangen de Schneider o an, dann wer'n de Bälämmel rebellisch, dann de Mäuse und Ratten. O du meine Gitte, das werd a Tanz werden. (Er will sich ausschütten vor Lachen.)

Der alte Baumert. Nu sieh ock, Wittig, ich bin no immer derselbigte wie frieher. Ich sag o itzt noch, wenn's im Guten ging, wärsch besser.

Wittig. Dreck! werds gehn, aber nich im Guden. Wo wer a so was im Guden gangen? Is etwa ei Frankreich im Guden gangen? Hat etwa d'r Robspiir a Reichen de Patschel gestreechelt? Da hiß bloß: Allee schaff fort. Immer nuff uff de Giljotine. Das muß gehn, allong sangfang. De gebratnen Gänse kommen een ni ins Maul geflogn.

Der alte Baumert. Wenn ich ock und hätte hallwäge mein Auskommen...

Erster alter Weber. Uns steht halt's Wasser bis hierum, Wittig.

Zweiter alter Weber. Ma mag bald gar ni mehr heem gehn. Ob ma nu schachtert oder ma legt sich schlafen, ma hungert uf beede Arten.

Erster alter Weber. D'rheeme verliert man vollens ganz a Verstand.

Der alte Ansorge. Mir is jetzt schonn eegal, 's kommt a so, oder a so.

Stimmen alter Weber (mit steigender Erregung). „Nirgend hat ma Ruh." „O ken'n Geist nich zur Arbeit hat man." Oben bei uns in Steenkunzendorf sitzt eener schonn a ganzen Tag an d'r Bache und wäscht sich, nackt wie 'n Gott gemacht hat. Dem hat's gar a Kopp verwirrt.

Dritter alter Weber (erhebt sich, vom Geiste getrieben und fängt an mit „Jungen" zu reden, den Finger drohend erhoben). Es ist ein Gericht in der Luft! Gesellet euch nicht zu den Reichen und Vornehmen! Es ist ein Gericht in Luft! Der Herr Zebaot ... (Einige lachen. Er wird auf den Sitz niedergedrückt.)

Welzel. Der derf ock a eenzichtes Gläsl' trinken, da wirrt's n gleich aus'n Koppe.

Dritter alter Weber (fährt wieder auf). Doch ja! sie glauben an keinen Gott, noch weder Höll noch Himmel. Religion ist nur ihr Spott ...

Erster alter Weber. Laß gutt sein, laß!

Bäcker. Laß Du da Mann sei Gesetzel beten. Das kann sich manch eens zu Herzen nehmen.

Viele Stimmen (tumultuarisch). „Laßt' n reden!" „Laßt' n!"

Dritter alter Weber (mit gehobener Stimme). Daher die Hölle die Seele weit aufgesperrt und den Rachen aufgethan, ohne alle Maaße, daß hinunterfahren alle die, so die Sache der Armen beugen und Gewalt üben im Recht der Elenden, spricht der Herr.

(Tumult.)

Dritter alter Weber, (plötzlich schülerhaft declamirend).
Und doch wie wunderlich geht's,
Wenn man es recht will betrachten,
Wenn man des Leinewebers Arbeit will verachten!

Bäcker. Mir sein aber Parchenweber.

(Gelächter.)

Hornig. A Leinwebern gehts noch viel elender. Die schleichen ock blossich noch wie de Gespenster zwischer a Bergen rum. Ihr dahier habt doch noch Kriin zum Uffmucken.

Wittig. Denkst Du etwan hie is schon 's Schlimmste vorüber? Das bißl Forsche, was die noch im Leibe habn, das werd 'n b'r Fabrikante schon ock vollens austreiben.

Bäcker. A hat ja gesagt: De Weber werden noch fer ne Quargschnitte arbeiten.

(Tumult.)

Verschiedene alte und junge Weber. Wer hat das gesagt?

Bäcker. Das hat Dreißiger iber Weber gesagt.

Ein junger Weber. Das Aas sollt man ärschlich ufknippen.

Jäger. Hör a mal uf mich, Wittig, Du hast immer a so viel derzählt von b'r franzeschen Revolution. Du hast immer 's Maul a so voll genommen. Nu kennde vielleicht bald Gelegenheit wer'n, daß eener und kennde zeigen, wie's mib'n beschaffen is: ob a a Großmaul is oder a Ehrenmann.

Wittig. (jähzornig aufbrausend). Sag noch e Wort. Junge! Hast Du gehört Kugeln pfeiffen? Hast Du uf Vorposten gestanden ei Feindesland?

Jäger. Nu, bis ock ni falsch. Mir sein ja Kamraden. Ich hab's ja ni schlimm gemeent.

Wittig. Uf die Kamradschaft plamp ich. Du Laps, ufgeblasener!

Gendarm Kutsche (kommt).

Mehrere Stimmen. Pscht, pscht, Polzei!

(Es wird eine unverhältnißmäßig lange Zeit gezischt, bis völlige Ruhe eingetreten ist.)

Kutsche (unter tiefem Schweigen aller übrigen seinen Platz an der Mittelsäule einnehmend). An kleen'n Korn mecht ich bitten.

(Wiederum völlige Ruhe.)

Wittig. Nu, Kutsche sollst woll amal zum Rechten sehn hier bei uns?

Kutsche (ohne auf Wittig zu hören). Gun Tak' o, Meister Wiegand.

Wiegand (noch immer in der Ecke vor dem Schenktisch). Scheen Dank, Kutsche.

Kutsche. Wie gehts Geschäft?

Wiegand. Dank fer de Nachfrage.

Bäcker. D'r Verwalter hat Angst, m'r kennten uns a Magen verderben, von dem vielen Lohn, das m'r kriegen. (Gelächter.)

Jäger. Gell ock, Welzel, mir habn alle Schweinernes gegessen und Fetttunke und Klößl und Sauerkraut, und itzt trink mer erscht noch Schlampanjerwein. (Gelächter.)

Welzel. Hinten rum scheint de Sonne.

Kutsche. Und wenn Ihr und hätt gleich Schlampanjer und Gebratnes, derwegen werd Ihr noch lange ni zufrieden sein. Ich hab o keen'n Schlampanjer, und 's muß halt auch gehn.

Bäcker (mit Bezug auf Kutsches Nase). Der begißt seine kohlrote Gurke mit Brantwein und Schepsbier. Da dervon wird se ooch reif. (Gelächter.)

Wittig. A so a Schandarm hat a schweres Leben: eemal muß a an verhungerten Betteljungen ins Loch stecken, dann muß a wieder amal a hibsch Webermädel verfihrn, dann muß a sich wieder amal sternhagelsmäßig bekreeschen und 's Weib durchprigeln, das se vor Himmelangst zu a Nachbarn gelaufen kommt; und a so uf'n Ferde rumschappern, in a Federn liegen bis um neune, das is gar kee leichte Ding dahie!

Kutsche. Schwatz Du immerzu. Du wirscht dich schonn noch bei Zeiten um a Hals räden. Ma weeß ja längst, was Du fer a Briderle bist. Dei ufrihrerisch Maulwerk das is längst bekannt bis nuff zum Landrath. Ich kenn een'n, der bringt iber Jahr und Tag Weib und Kind eis Armenhaus mit Saufen und Kretschamhocken und sich selber in's Gefängnis, der wird uufhetzen und uufhetzen, bis 's wird a Ende mit Schrecken nehmen.

Wittig (lacht bitter heraus). Wer weeß ooch, was kommt?! Uf be letzte kannste gar Recht haben. (Jähzornig hervorbrechend.) Kommt's aber a so weit, dann weeß ich ooch, wem ich's zu verdanken hab, wer mich verklatscht hat bei a Fabrikanten und uf b'r Herrschaft, und verschändt und verleumdt, daß ich keen'n Schlag Arbeit mehr beseh, — wer mir de Pauern hat uf a Hals gehetzt und de Miller, daß ich de ganze Woche kee Pferd zum beschlagen kriege, oder an Reefen um a Rad zu machen. Ich weeß, wer das is. Ich hab die infame Karnalje emal vom Ferde gezogen, weil se an kleen'n tummen Jungen wägen a par unreifen Birnen mit'n Ochsenziemer hat durchgewalkt. Und ich sag Dir, Du kennst mich, bringst Du mich in's Gefängniß, da mach Du ooch gleich Dei Testament. Hör ich ock was von weiter Ferne läuten, da nehm ich, was ich kriege, 's is nu a Hufeisen oder Hammer, ne Radspeiche oder a Wassereimer, und da such ich Dich uf, und wenn ich Dich soll aus'n Bette holen, von Deinem Mensche weg, ich reiß Dich raus und schlag D'r a Schädel ein, so wahr wie ich Wittich heeße. (Er ist aufgesprungen und will auf Kutsche losgehen.)

Alte und junge Weber (ihn zurückhaltend). Wittich, Wittich, bleib bei Verschtande.

Kutsche (hat sich unwillkürlich erhoben, sein Gesicht ist blaß. Während des Folgenden retirirt er. Je näher der Thür, desto muthiger wird er. Die letzten Worte spricht er schon auf der Thürschwelle, um im nächsten Augenblick zu verschwinden). Was willst Du von mir? Mit Dir hab ich nischt nich zu schaffen. Ich hab mit a hriechten Webern zu reden. Dir hab ich nischt nich gethan. Du gehst mich nischt an. Euch Webern aber soll ich's ausrichten: D'r Herr Polzeiverwalter läßt Euch verbieten das Lied zu singen — das Dreißigerlied, oder wie sich's genennt. Und wenn das Gesinge uf d'r Gasse ni gleich ufheert, da wird a b'rsire sorgen, daß ihr im Stockhause mehr Zeit und Ruhe kriegt. Da kennt 'r dann singen bei Wasser und Brot, a so lange, wie b'r lustig seid. (ab.)

Wittig (schreit ihm nach). Garnischt hat a uns zu verbieten, und wenn mir prilln, daß de Fenster schwirrn, und wenn ma uns hört bis in Reechenbach, und wenn mir singen, daß allen Fabrikanten de Häuser iber'm Koppe zusammenstirzen und allen Verwaltern de Helme uf'm Schädel tanzen. Das geht niemanden nischt an.

Bäcker (ist inzwischen aufgestanden, hat pantomimisch das Zeichen zum Singen gegeben und beginnt nun selbst mit allen gemeinschaftlich).

Hier im Ort ist ein Gericht,
Viel schlimmer als die Vehmen,
Wo man nicht mehr ein Urtheil spricht,
Das Leben schnell zu nehmen.

(Der Wirth sucht zu beruhigen, wird aber nicht gehört. Wiegand hält sich die Ohren zu und läuft fort. Die Weber erheben sich und ziehen unter dem Gesang der folgenden Verse Wittig und Becker nach, die durch Winke ꝛc. das Zeichen zum allgemeinen Aufbruch gegeben haben.)

Hier wird der Mensch langsam gequält,
Hier ist die Folterkammer,
Hier werden Seufzer viel gezählt,
Als Zeugen von dem Jammer.

(Der größte Theil der Weber singt den folgenden Vers schon auf der Straße, nur einige junge Burschen noch im Innern der Stube, während sie zahlen. Am Schluß der nächsten Strophe ist das Zimmer leer bis auf Welzel, seine Frau, seine Tochter, Hornig und den alten Baumert.)

Ihr Schurken all', ihr Satansbrut!
Ihr höllischen Cujone!
Ihr freßt der Armen Hab' und Gut,
Und Fluch wird euch zum Lohne.

Welzel (räumt mit Gleichmut Gläser zusammen). Die sein ja heute gar tälsch.

Der alte Baumert (ist im Begriff zu gehen).

Hornig. Nu sag blos, Baumert, was is denn im Gange?

Der alte Baumert. Zu Dreißigern gehn wolln se halt, sehn das a 'was zulegt zum Lohne, dahier.

Welzel. Machst Du ooch noch mit bei solchen Tollheeten?!

Der alte Baumert. Nu sieh ock, Welzel, an mir liegts nich. A Junges kann manchmal und a Altes muß. (Ein wenig verlegen ab.)

Hornig (erhebt sich). Das sollt mich doch wundern, wenn's hie ni amal böse käm.

Welzel. Das die alten Krepper o vollens a Verstand verliern!?

Hornig. A jeder Mensch hat halt ne Sehnsucht!

Ende des dritten Aktes.

Vierter Akt.

Personen des vierten Aktes.

Bäcker.
Moritz Jäger.
Der alte Baumert.
Der alte Ansorge.
Dreißiger.
Pfeifer.
Wittig.
Kutsche.
Frau Dreißiger.
Kittelhaus, Pastor.
Frau Kittelhaus.
Weinhold, Kandidat der Theologie, Hauslehrer
       bei Dreißiger.
Heide, Polizeiverwalter.
Kutscher Johann.
Junge und alte Weber und Weberfrauen.

Peterswaldau. — Privatzimmer des Parchent-Fabrikanten **Dreißiger.** Ein im frostigen Geschmack der ersten Hälfte unseres Jahrhunderts luxuriös ausgestatteter Raum. Die Decke, der Ofen, die Thüren sind weiß; die Tapete grablinig kleingeblümt und von einem kalten, bleigrauen Ton. Dazu kommen rothüberzogene Polstermöbel aus Mahagoniholz, reich geziert und geschnitzt, Schränke und Stühle von gleichem Material und wie folgt vertheilt: Rechts, zwischen zwei Fenstern mit kirschrothen Damastgardinen steht der Schreibsekretär, ein Schrank, dessen vordere Wand sich herabklappen läßt, — ihm gerade gegenüber das Sofa, unweit davon ein eiserner Geldschrank, vor dem Sofa der Tisch, Sessel und Stühle, — an der Hinterwand ein Gewehrschrank. Diese, sowie die anderen Wände sind durch schlechte Bilder in Goldrahmen theilweise verdeckt. Ueber dem Sofa hängt ein Spiegel mit stark vergoldetem Roccocorahmen. Eine einfache Thür links führt in den Flur, eine offene Flügelthür der Hinterwand in einen mit dem gleichen ungemüthlichen Prunk überladenen Salon. Im Salon bemerkt man zwei Damen, **Frau Dreißiger** und **Frau Pastor Kittelhaus** damit beschäftigt, Bilder zu besehen, — ferner den **Pastor Kittelhaus** im Gespräch mit dem Kandibaten und Hauslehrer **Weinhold.**)

Kittelhaus (ein kleines, freundliches Männchen tritt gemüthlich plaudernd und rauchend mit dem ebenfalls rauchenden Kandidaten in das Vorderzimmer; dort sieht er sich um und schüttelt, da er Niemand bemerkt, verwundert den Kopf). Es ist ja durchaus nicht zu verwundern, Herr Kandidat: Sie sind jung. In Ihrem Alter hatten wir Alten — ich will nicht sagen dieselben Ansichten, aber doch ähnliche. Aehnliche jedenfalls. Und es ist ja auch was schönes um die Jugend — um alle die schönen Ideale, Herr Kandidat. Leider nur sind sie flüchtig, flüchtig wie Aprilsonnenschein. Kommen Sie erst in meine Jahre. Wenn man erst mal dreißig Jahre, das Jahr zweiundfünfzigmal — ohne die Feiertage — von der Kanzel herunter den Leuten sein Wort gesagt hat, dann ist man nothwendigerweise ruhiger geworden. Denken Sie an mich, wenn es mit Ihnen so weit sein wird, Herr Kandidat.

Weinhold (neunzehnjährig, bleich, mager, hochaufgeschossen mit schlichtem langen Blondhaar. Er ist sehr unruhig und nervös in seinen Bewegungen). Bei aller Ehrerbietung, Herr Pastor... Ich weiß doch nicht... Es existirt doch eine große Verschiedenheit in den Naturen.

Kittelhaus. Lieber Herr Kandidat, Sie mögen ein noch so unruhiger Geist sein — (im Tone eines Verweises) und das sind Sie — Sie mögen noch so heftig und — ungeberdig gegen die bestehenden Verhältnisse angehen. Das legt sich alles. Ja, ja, ich gebe ja zu, wir haben ja Amtsbrüder, die in ziemlich vorgeschrittenem Alter noch recht jugendliche Streiche machen. Der eine predigt gegen die Branntweinpest und gründet Mäßigkeitsvereine, der andere verfaßt Aufrufe, die sich unleugbar recht ergreifend lesen. Aber was erreicht er damit? Die Noth unter den Webern wird, wo sie vorhanden ist, nicht gemildert. Der sociale Frieden dagegen wird untergraben; nein, nein, da möchte man wirklich fast sagen: Schuster bleib bei Deinem Leisten, Seelsorger, werde kein Wanstsorger. Predige dein reines Gotteswort, und im übrigen laß Den sorgen, der den Vögeln ihr Bett und ihr Futter bereitet hat und die Lilie auf dem Felde nicht läßt verderben. — Nun aber möcht' ich doch wirklich wissen, wo unser liebenswürdiger Wirth so plötzlich hingekommen ist.

Frau Dreißiger (kommt von der Pastorin gefolgt nach vorn. Sie ist eine dreißigjährige, hübsche Frau von einem kernigen und robusten Schlage. Ein gewisses Mißverhältniß zwischen ihrer Art zu reden, oder sich zu bewegen und Ihrer vornehm reichen Toilette ist auffällig). Se haben ganz recht, Herr Paster. Wilhelm macht's immer so. Wenn'n was einfällt, da rennt er fort und läßt mich sitzen. Da hab' ich schon so drüber geredt, aber da mag man sagen, was man will.

Kittelhaus. Liebe, gnädige Frau, dafür ist er Geschäftsmann.

Weinhold. Wenn ich nicht irre, ist unten etwas vorgefallen.

Dreißiger. (kommt. Schauffirt aufgeregt). Nun, Rosa, ist der Kaffee servirt?

Frau Dreißiger (schmollt). Ach, daß Du ooch immer fortlaufen mußt.

Dreißiger (leichthin). Ach was weißt Du!

Kittelhaus. Um Vergebung! Haben Sie Aerger gehabt, Herr Dreißiger?

Dreißiger. Den habe ich alle Tage, die Gott der Herr werden läßt, lieber Herr Pastor. Daran bin ich gewöhnt. Nun Rosa?! Du sorgst wohl dafür.

Frau Dreißiger (geht mißlaunig und zieht mehrmals heftig an dem breiten, gestickten Klingelzug).

Dreißiger. Jetzt eben, (nach einigen Umgängen.) Herr Candidat, hätte ich Ihnen gewünscht, dabei zu sein. Da hätten Sie was erleben können. Uebrigens... Kommen Sie, fangen wir unsern Whist an.

Kittelhaus. Ja, ja, ja und nochmals ja! Schütteln Sie des Tages Staub und Last von den Schultern und gehören Sie uns.

Dreißiger (ist an's Fenster getreten, schiebt eine Gardine beiseit und blickt hinaus. Unwillkürlich). Bande!!! — komm doch mal her, Rosa! (Sie kommt.) Sag doch mal:... Dieser lange, rothhaarige Mensch dort!...

Kittelhaus. Das ist der sogenannte rothe Bäcker.

Dreißiger. Nu sag mal, ist das vielleicht derselbe, der Dich vor zwei Tagen insultirt hat? Du weißt ja, was Du mir erzähltest, als Dir Johann in den Wagen half.

Frau Dreißiger (macht einen schiefen Mund, gedehnt). Ich wös nich mehr.

Dreißiger. Aber so laß doch jetzt das beleidigt thun. Ich muß das nämlich wissen. Ich habe die Frechheiten nun nachgerade satt. Wenn es der ist, so zieh ich ihn nämlich zur Verantwortung. (Man hört das Weberlied singen.) Nun hören Sie blos, hören Sie blos!

Kittelhaus (überaus entrüstet.) Will denn dieser Unfug wirklich immer noch kein Ende nehmen? Nun muß ich aber wirklich auch sagen: es ist Zeit, daß die Polizei einschreitet. Gestatten Sie mir doch mal! (Er tritt ans Fenster.) Nun sehen Sie an, Herr Weinhold! Das sind nun nicht blos junge Leute, da laufen auch alte, gesetzte Weber in Masse mit. Menschen, die ich lange Jahre für höchst ehrenwerth und gottesfürchtig gehalten habe. Sie laufen mit. Sie nehmen theil an diesem unerhörten Unfug. Sie treten Gottes Gesetz mit Füßen. Wollen Sie diese Leute vielleicht nun noch in Schutz nehmen?

Weinhold. Gewiß nicht Herr Pastor. Das heißt, Herr Pastor... cum grano salis. Es sind eben hungrige, unwissende Menschen. Sie geben halt ihre Unzufriedenheit kund, wie sie's verstehen. Ich erwarte gar nicht, daß solche Leute...

Fr. Kittelhaus (klein, mager, verblüht, gleicht mehr einer alten Jungfer als einer Frau.) Herr Weinhold, Herr Weinhold! aber ich bitte Sie!

Dreißiger. Herr Candidat, ich bedaure sehr.. Ich habe Sie nicht in mein Haus genommen, damit Sie mir Vorlesungen über Humanität halten. Ich muß Sie ersuchen, sich auf die Erziehung meiner Knaben zu beschränken, im Uebrigen aber meine Angelegenheiten mir zu überlaßen, mir ganz allein! Verstehen Sie mich?

Weinhold (steht einen Augenblick starr und todtenblaß, und verbeugt sich dann mit einem fremden Lächeln. Leise.) Gewiß, gewiß, ich habe Sie verstanden. Ich sah es kommen; es entspricht meinen Wünschen. (Ab.)

Dreißiger. (brutal). Dann aber doch möglichst bald, wir brauchen das Zimmer.

Frau Dreißiger. Aber Wilhelm, Wilhelm!

Dreißiger. Bist Du wohl bei Sinnen? Du willst einen Menschen in Schutz nehmen, der solche Pöbeleien und Schurkereien wie dieses Schmählied da vertheidigt.

Frau Dreißiger. Aber Männdel, Männdel, er hat's ja garnicht...

Dreißiger. Herr Pastor, hat er's vertheidigt? Oder hat er's nicht vertheidigt?

Kittelhaus. Herr Dreißiger, man muß es seiner Jugend zugute halten.

Fr. Kittelhaus. Ich weiß nicht, der junge Mensch ist aus einer so guten und achtbaren Familie. Vierzig Jahr war sein Vater als Beamter thätig und hat sich nie auch nur das geringste zu schulden kommen lassen. Die Mutter war so überglücklich, daß er hier ein so schönes Unterkommen gefunden hatte. Und nun... nun weiß er sich das so wenig wahrzunehmen.

Pfeifer (reißt die Flurthür auf, schreit herein). Herr Dreißicher, Herr Dreißicher! se habn 'n feste. Se mechten kommen. Se haben een'n gefangen.

Dreißiger (hastig). Ist Jemand zur Polizei gelaufen?

Pfeifer. D'r Herr Verwalter kommt schonn die Treppe ruff.

Dreißiger (in der Thür). Ergebener Diener, Herr Verwalter! Es freut mich, daß Sie gekommen sind.

Kittelhaus (macht den Damen pantomimisch begreiflich, daß es besser sei, sich zurückzuziehen. Er, seine Frau und Frau Dreißiger verschwinden in den Salon).

Dreißiger (im höchsten Grade aufgebracht, zu dem inzwischen eingetretenen Polizeiverwalter) Herr Verwalter, ich habe nun endlich einen der Hauptsänger von meinen Färbereiarbeitern festnehmen lassen. Ich konnte das nicht mehr weiter mit ansehen. Die Frechheit geht einfach in's Grenzenlose. Es ist empörend. Ich habe Gäste und diese Schufte erdreisten sich... sie insultiren meine Frau, wenn sie sich zeigt, meine Knaben sind ihres Lebens nicht sicher. Ich riskire, daß sie meine Gäste mit Püffen traktiren. Ich gebe Ihnen die Versicherung, wenn es in einem geordneten Gemeinwesen ungestraft möglich sein sollte, unbescholtene Leute, wie ich und meine Familie, fortgesetzt öffentlich zu beschimpfen... ja dann... dann müßte ich bedauern, andere Begriffe von Recht und Gesittung zu haben.

Polizeiverwalter (etwa fünfzigjähriger Mann, mittelgroß, corpulent, vollblütig. Er trägt Caballeriuniform mit Schleppsäbel und Sporen). Gewiß nicht... Nein... gewiß nicht, Herr Dreißiger! — Verfügen Sie über mich. Beruhigen Sie sich nur, ich stehe ganz zu Ihrer Verfügung. Es ist ganz in der Ordnung... Es ist mir sogar sehr lieb, daß Sie einen der Hauptschreier haben festnehmen lassen. Es ist mir sehr recht, daß die Sache nun endlich mal zum klappen kommt. Es sind so'n paar Friedensstörer hier, die ich schon lange auf der Pike habe.

Dreißiger. So'n paar grüne Burschen, ganz recht, arbeitsscheues Gesindel, faule Lümmels, die ein Luderleben führen, Tag für Tag in den Schenken rumhocken, bis der letzte Pfennig durch die Gurgel gejagt ist. Aber nun bin ich entschlossen, ich werde diesen berufsmäßigen Schandmäulern das Handwerk legen, gründlich. Es ist im allgemeinen Interesse, nicht nur im eigenen Interesse.

Polizeiverwalter. Unbedingt! ganz unbedingt, Herr Dreißiger. Das kann Ihnen kein Mensch verdenken. Und so viel in meinen Kräften steht...

Dreißiger. Mit dem Kanschu müßte man hineinfahren in das Lumpengesindel.

Polizeiverwalter. Ganz recht, ganz recht. Es muß ein Exempel statuirt werden.

Gensdarm Kutsche (kommt und nimmt Stellung. Man hört, da die Flurthür offen ist, das Geräusch von schweren Füßen, welche die Treppe heraufpoltern). Herr Verwalter, ich melde gehorsamst: m'r habn einen Menschen festgenommen.

Dreißiger. Wollen Sie den Menschen sehen, Herr Polizeiverwalter?

Polizeiverwalter. Ganz gewiß, ganz gewiß. Wir wollen ihn zuallererst mal aus nächster Nähe betrachten. Thun Sie mir den Gefallen, Herr Dreißiger, und bleiben Sie ganz ruhig. Ich verschaffe Ihnen Genugthuung, oder ich will nicht Heide heißen.

Dreißiger. Damit kann ich mich nicht zufrieden geben, der Mensch kommt unweigerlich vor den Staatsanwalt.

Jäger (wird von fünf Färbearbeitern herein geführt, die an Gesicht, Händen und Kleidern mit Farbe befleckt, direct von der Arbeit herkommen. Der Gefangene hat die Mütze schief sitzen, trägt eine freche Heiterkeit zur Schau und befindet sich in Folge des vorherigen Brantweingenusses in gehobenem Zustand). O ihr älenden Kerle! — Arbeiter wollt 'r sein? Kamraden wollt 'r sein? Eh ich das machte — eh ich mich vergreifen thät a mein'n Genoßen, da thät ich benken, de Hand mißt m'r verfauln dahier! (Auf einen Wink des Verwalters hin veranlaßt Kutsche, daß die Färber ihre Hände von dem Opfer nehmen. Jäger steht nun frei und frech da, während um ihn alle Thüren verstellt werden.)

Polizeiverwalter (schreit Jägern an). Mütze ab, Flegel! (Jäger nimmt sie ab, aber sehr langsam, ohne sein ironisches Lächeln aufzugeben.) Wie heißt Du?

Jäger. Hab ich mit Dir schonn die Schweine gehütt? (Unter dem Eindruck der Worte entsteht eine Bewegung unter den Anwesenden.)

Dreißiger. Das ist stark.

Polizeiverwalter (wechselt die Farbe, will auffbrausen kämpft den Zorn nieder). Das übrige wird sich finden. — Wie Du heißt frage ich Dich? — (Als keine Antwort erfolgt, rasend.) Kerl sprich, oder ich lasse Dir fünfundzwanzig überreißen.

Jäger (mit vollkommener Heiterkeit und ohne auch nur durch ein Wimperzucken auf die wüthende Einrede zu reagiren, über die Köpfe des Anwesenden hinweg zu einem hübschen Dienstmädchen, welches, im Begriff den Kaffee zu serviren, durch den unerwarteten Anblick betroffen, mit offenem Munde stehen geblieben ist.) Nu sag m'r ock, Plättbrettl=Emilie, bist Du jetzt bei der Gesellschaft. Na da sieh ock, daß de hier nausfindst. Hie kann amal dr Wind gehn; und der bläst alles weg iber Nacht. (Das Mädchen starrt Jäger an, wird, als sie begreift, daß die Rede ihr gilt, roth vor Scham, schlägt sich die Hände vor die Augen und läuft hinaus, das Geschirr zurücklassend, wie es gerade steht und liegt. Wiederum entsteht eine Bewegung unter den Anwesenden.)

Polizeiverwalter (nahezu fassungslos zu Dreißiger). So alt, wie ich bin... eine solche unerhörte Frechheit ist mir doch...

Jäger (spuckt aus).

Dreißiger. Kerl, Du bist in keinem Viehstall, verstanden?!

Polizeiverwalter. Nun bin ich am Ende mit meiner Geduld. Zum letzten Mal: wie heißt Du?

Kittelhaus, (der während der letzten Scene hinter der ein wenig geöffneten Salonthür hervorgeblickt und gehorcht hat, kommt nun, durch die Geschehnisse hingerissen, um, bebend vor Erregung, zu interveniren). Er heißt Jäger, Herr Verwalter. Moritz... nicht?... Moritz Jäger. (Zu Jäger.) Nu sag blos, Jäger, — kennst Du mich nich mehr?

Jäger (ernst). Sie sein Paster Kittelhaus.

Kittelhaus. Ja, Dein Seelsorger, Jäger! Derselbe, der Dich als kleines Wickelkind in die Gemeinschaft der Heiligen aufgenommen hat. Derselbe, aus dessen Händen Du zum ersten Mal den Leib des Herrn empfangen hast. Erinnerst Du Dich noch? Da hab ich mich nun gemüht und gemüht und Dir das Wort Gottes an's Herz gelegt. Ist das nun die Dankbarkeit?

Jäger (finster, wie ein geduckter Schuljunge). Ich hab ja een'n Thaler Geld uufgelegt.

Kittelhaus. Geld, Geld... Glaubst Du vielleicht, daß das schnöde, erbärmliche Geld... Behalt Dir Dein Geld... das ist mir viel lieber. Was das für ein Unsinn ist. Sei brav, sei ein Christ! Denk an das, was Du gelobt hast. Halt Gottes Gebote, sei gut und sei fromm. Geld, Geld...

Jäger. Ich bin Quäker, Herr Paster, ich glob an nischt mehr.

Kittelhaus. Was, Quäker, ach rede doch nicht! Mach, daß Du Dich besserst, und laß unverdaute Worte aus dem Spiel! Das sind fromme Leute, nicht Heiden wie Du. Quäker! was Quäker!

Polizeiverwalter. Mit Erlaubniß, Herr Pastor (Er tritt zwischen ihn und Jäger.) Kutsche! binden Sie ihm die Hände!

(Wüstes Gebrüll von draußen: „Jäger! Jäger, sull rauskumma!")

Dreißiger, (gelinde erschrocken, wie die übrigen Anwesenden, ist unwillkürlich an's Fenster getreten). Was heißt denn das nun wieder?

Polizeiverwalter. O, das versteh ich: das heißt, daß sie den Lumpen wieder raus haben wollen. Den Gefallen werden wir ihnen nun aber mal nicht thun. Verstanden, Kutsche? Er kommt in's Stockhaus.

Kutsche (mit dem Strick in der Hand zögernd). Mit Respect zu vermelden, Herr Verwalter, mir werden woll unsere Noth haben. Es is eine ganz verfluchte Hetze Menschen. De richt'ge Schwefelbande, Herr Verwalter. Da is der Bäcker, da is der Schmied...

Kittelhaus. Mit gütiger Erlaubniß, — um nicht noch mehr böses Blut zu machen, würde es nicht angemessener sein, Herr Verwalter, wir versuchten es friedlich? Vielleicht verpflichtet sich der Jäger gutwillig mitzugehen oder so...

Polizeiverwalter. Wo denken Sie hin!! Meine Verantwortung! Auf so etwas kann ich mich unmöglich einlassen. Vorwärts Kutsche! nich lange gefakelt.

Jäger (die Hände zusammenlegend und lachend hinhaltend). Immer feste, feste, a so fest, wiet'er kennt. 'Sis ja doch nich uf lange. (Er wird gebunden von Kutsche mit Hülfe der Kameraden).

Polizeiverwalter. Nu vorwärts, marsch! (Zu Dreißiger.) Wenn Sie Sorge haben, dann lassen Sie sechs Mann von den Färbern mitgehen. Die können ihn in die Mitte nehmen. Ich reite voran, Kutsche folgt. Wer sich entgegenstellt wird niedergehauen.

(Geschrei von unten: „Kikeriki—!!! Wau, wau, wau".)

Polizeiverwalter (nach dem Fenster drohend). Canaillen! ich werde euch bekikerikien und bewauwauen. Marsch, vorwärts! (Er schreitet voran hinaus mit gezogenem Säbel, die andern folgen mit Jäger.)

Jäger (schreit im Abgehen). Und wenn sich de gnädge Frau Dreißichern o noch a so stolz macht, die is deshalb ni mehr, wie unser eens. Die hat mein Vater viel hundertmal fer drei Fennige Schnaps vorgesetzt. Schwadron links schwenkt, marsch, ma—rsch! (Ab mit Gelächter.)

Dreißiger (nach einer Pause scheinbar gelassen). Wie denken Sie, Herr Paster? Wollen wir nun nicht unsern Whist machen? Ich denke der Sache steht nun nichts mehr im Wege. (Er zündet sich eine Cigarre an, dabei lacht er mehrmals kurz, so bald sie brennt, laut heraus.) Nu fang ich an, die Geschichte komisch zu finden, Dieser Kerl! (In einem nervösen Lachausbruch.) Es ist aber auch unbeschreiblich lächerlich. Erst der Krakel bei Tisch mit dem Candidaten. Fünf Minuten darauf empfiehlt er sich. Fort über alle Berge, dann diese Geschichte. Und nun spielen wir unsern Whist weiter.

Kittelhaus. Ja aber... (Gebrüll von unten.) Ja aber.. Wissen Sie: die Leute machen einen so schrecklichen Skandal.

Dreißiger. Ziehen wir uns einfach in das andere Zimmer zurück. Da sind wir ganz ungestört.

Kittelhaus (unter Kopfschütteln). Wenn ich nur wüßte, was in diese Menschen gefahren ist. Ich muß dem Candidaten darin recht geben, wenigstens war ich bis vor Kurzem auch der Ansicht, die Webersleute wären ein demüthiger, geduldiger und lenksamer Menschenschlag. Geht es Ihnen nicht auch so, Herr Dreißiger?

Dreißiger. Freilich waren sie geduldig und lenksam, freilich waren es früher gesittete und ordentliche Leute. So lange nämlich die Humanitätsbusler ihre Hand aus dem Spiele ließen. Da ist ja den Leuten lange genug klar gemacht worden, in welchem entsetzlichen Elend sie drin stecken. Bedenken Sie doch, all die Vereine und Comités zur Abhilfe der Webernoth. Schließlich glaubt es der Weber, und nun hat er den Vogel. Nun komme einer her und rücke ihnen den Kopf wieder zurecht. Jetzt ist er im Zuge. Jetzt murrt er ohne Aufhören. Jetzt paßt ihm das nicht und jens nicht. Jetzt möchte alles gemalt und gebraten sein.

(Plötzlich ein vielstimmiges aufschwellendes Hurrahgebrüll.)

Kittelhaus. So haben sie denn mit all ihrer Humanität nichts weiter zuwege gebracht, als daß aus Lämmern über Nacht buchstäblich Wölfe geworden sind.

Dreißiger. Ach was! bei kühlem Verstande, Herr Paster, kann man der Sache vielleicht sogar noch 'ne gute Seite abgewinnen. Solche Vorkommnisse werden vielleicht in den leitenden Kreisen nicht unbemerkt bleiben. Möglicherweise kommt man dort doch mal zu der Ueberzeugung, daß es so nicht mehr lange weiter gehen kann, daß etwas geschehen muß, wenn unsre heimische Industrie nicht völlig zugrunde gehen soll.

Kittelhaus. Ja, woran liegt aber dieser enorme Rückgang, sagen Sie blos?

Dreißiger. Das Ausland hat sich gegen uns durch Zölle verbarrikadirt. Dort sind uns die besten Märkte abgeschnitten und im Inland müssen wir ebenfalls auf Tod und Leben concurriren, denn wir sind preisgegeben, völlig preisgegeben.

Pfeifer (kommt athemlos und blaß hereingewankt). Herr Dreißicher, Herr Dreißicher!

Dreißiger (bereits in der Salonthür, im Begriff zu gehen, wendet sich geärgert). Nu, Pfeifer, was giebt's schon wieder?

Pfeifer. Nee... nee... nu laßt mich zufriede!

Dreißiger. Was is denn nu los?

Kittelhaus. Sie machen ein ja Angst, reden Sie doch.

Pfeifer (immer noch nicht bei sich). Na, da laßt mich zufriede! nee so was! nee so was aber och! Die Obrigkeit.... na, den wird's gutt gehn.

Dreißiger. In's Teufels Namen, was is Ihnen denn so in die Glieder geschlagen. Hat Jemand den Hals gebrochen?

Pfeifer (fast weinend, vor Angst schreit heraus). Se habn a Jäger Moritz befreit, a Verwalter gepriegelt und fortgejagt, a Schandarm gepriegelt und fortgejagt. Ohne Helm... a Säbel zerbrochen... nee, nee!

Dreißiger. Pfeifer, Sie sind wohl übergeschnappt.

Kittelhaus. Das wäre ja Revolution.

Pfeifer (auf einem Stuhl sitzend, am ganzen Leibe zitternd, wimmernd). Herr Dreißicher, 's wird ernst! Herr Dreißicher, 's wird ernst!

Dreißiger. Na, dann kann mir aber die ganze Polizei...

Pfeiffer. Herr Dreißicher, 's wird ernst!

Dreißiger. Ach, halten Sie's Maul, Pfeiffer! Zum Donnerwetter!

Frau Dreißiger (mit der Pastorin aus dem Salon). Ach, das ist aber wirklich empörend, Wilhelm. Der ganze schöne Abend wird uns verdorben. Nu hast Du's, nu will de Frau Pastern am liebsten zu Hause gehn.

Kittelhaus. Liebe, gnädige Frau Dreißiger, es ist doch vielleicht heute wirklich das beste...

Frau Dreißiger. Aber Wilhem, Du solltest doch auch mal gründlich dazwischen fahren.

Dreißiger. Geh Du doch und sag's 'n! Geh Du doch! Geh Du doch! (Vor dem Pastor stillstehend, unvermittelt.) Bin ich denn ein Tyrann? Bin ich denn ein Menschenschinder?

Kutscher Johann (kommt). Gnädge Frau, ich hab de Pferde d'rweile angeschirrt. A Jorgel und's Carlchen hat d'r Herr Candedate schon in a Wagen gesetzt. Kommt's gar schlimm, da fahr m'r los.

Frau Dreißiger. Ja, was soll denn schlimm kommen?

Johann. Nu ich weeß halt au ni. Ich meen halt aso! 's wern halt immer mehr Leute. Se habn halt doch a Verwalter mit sammst 'n Schandarme fortgejagt.

Pfeifer. 'S wird ernst, Herr Dreißiger! 's wird ernst!

Frau Dreißiger (mit steigender Angst). Ja, was soll denn werden? — Was wollen die Leute? — Se könn' uns doch nich iberfallen, Johann?

Johann. Frau Madame, 's sein rübe Hunde drunter.

Pfeifer. 'S wird Ernst, bitt'rer Ernst.

Dreißiger. Maul halten, Esel! Sind die Thüren verrammelt.

Kittelhaus. Thun Sie mir den Gefallen... Thun Sie mir den Gefallen... Ich habe einen Entschluß gefaßt... Thun Sie mir den Gefallen... (Zu Johann.) Was verlangen denn die Leute?

Johann (verlegen). Mehr Lohn wolln se halt haben, die tummen Luder.

Kittelhaus. Gut, schön! — Ich werde hinausgehen und meine Pflicht thun. Ich werde mit den Leuten mal ernstlich reden.

Johann. Herr Paster, Herr Paster! das lassen se ock unterwegens. Hie is jedes Wort umsonste.

Kittelhaus. Lieber Herr Dreißiger, noch ein Wörtchen. Ich möchte Sie bitten: stellen Sie Leute hinter die Thür, und lassen Sie sogleich hinter mir abschließen.

Frau Kittelhaus. Ach, willst Du das wirklich, Joseph?

Kittelhaus. Ich will es. Ich will es. Ich weiß, was ich thue. Hab' keine Sorge, der Herr wird mich schützen.

Frau Kittelhaus (drückt ihm die Hand, tritt zurück und wischt sich Thränen aus den Augen).

Kittelhaus (indeß von unten herauf ununterbrochen das dumpfe Geräusch einer großen, versammelten Menschenmenge heraufbringt). Ich werde mich stellen... Ich werde mich stellen, als ob ich ruhig nach Hause ginge. Ich will doch sehen, ob mein geistliches Amt... ob ich nicht mehr so viel Respekt genieße bei diesen Leuten... Ich will doch sehen... (Er nimmt Hut und Stock). Vorwärts also, in Gottes Namen. (Ab, begleitet von Dreißiger, Pfeifer und Johann.)

Frau Kittelhaus. Liebe Frau Dreißiger, (sie bricht in Thränen aus und umhalst sie) wenn ihm nur nicht ein Unglück zustößt!

Frau Dreißiger (wie abwesend). Ich weeß garnich,

Frau Pastern, mir is a so... Ich weeß garnich, wie mir zu muthe is. So was kann doch reen garnich menschenmeeglich sein. Wenn das a so is... das is ja grade, als wie wenn's Reichthum a Verbrechen wär. Sehn's ock, wenn mir das hätte Jemand gesagt, ich weeß garnich, Frau Pastern, am ende wär ich lieber in mein' kleenlichen Verhältnissen drinne geblieben.

Frau Kittelhaus. Liebe Frau Dreißiger, es giebt in allen Verhältnissen Enttäuschungen und Aerger genug.

Frau Dreißiger. Nu freilich, nu freilich, das denk' ich mir doch och eben. Und das mir mehr haben, als andere Leute... nu Jes's, mir haben's doch och nich gestohlen. 'S is doch Heller fer Fennig uf rechtlichem Wege erworben. So was kann doch reen garnich meeglich sein, daß die Leute iber een herfallen. Is denn mein Mann schuld, wenn's Geschäfte schlecht geht? (Von unten herauf bringt tumultuarisches Gebrüll. Während die beiden Frauen noch bleich und erschrocken einander anblicken, stürzt Dreißiger herein.)

Dreißiger. Rosa, wirf Dir 'was über und spring in den Wagen, ich komme gleich nach! (Er stürzt nach dem Geldschrank, schließt ihn auf und entnimmt ihm verschiedene Werthsachen.)

Johann (kommt). Alles bereit. Aber nu schnell, eh's Hinterthor noch besetzt is.

Frau Dreißiger (in panischem Schrecken den Kutscher umhalsend). Johann, liebster, bester Johann! Rett' uns, aller aller allerbester Johann! Rette meine Jungen, ach, ach...

Dreißiger. Sei doch vernünftig! Laß doch den Johann los.

Johann. Madam, Madam! Sein 's ock ganz geruhig. Unse Rappen sein gutt imstande, die holt keener ein, wer de ni beiseite geht, wird ibergefahren. (ab.)

Frau Kittelhaus (in rathloser Angst). Aber mein Mann? Aber... aber mein Mann? Aber, Herr Dreißiger, mein Mann?

Dreißiger. Frau Paster, Frau Paster, er is ja gesund. Beruhigen Sie sich doch nur, er is ja gesund.

Frau Kittelhaus. Es ist ihm 'was Schlimmes zugestoßen. Sie sagen's blos nich, Sie sagen's blos nich.

Dreißiger. O lassen Sie's gut sein, die werden's bereun. Ich weiß ganz genau, wessen Hände dabei waren. Eine so namenlose, schamlose Frechheit bleibt nich ungerochen. Eine Gemeinde, die ihren Seelsorger mißhandelt, pfui Teufel! Tolle Hunde, nichts weiter, toll gewordene Bestien, die man demgemäß behandeln wird. (Zu Frau Dreißiger, die wie betäubt dasteht.) Nu so geh' doch und rühr' Dich! (Man hört schlagen gegen die Hausthür.) Hörst Du denn nich, das Gesindel ist wahnsinnig geworden. (Man hört Klimpern von zerbrechenden Scheiben, die im Parterre eingeworfen werden.) Das Gesindel hat den Sonnenkoller. Da bleibt nichts übrig, wir müssen machen, daß wir fortkommen.

(Man hört bereint rufen: „Expedient Feifer sull rauskumma!" — Expedient Feifer sull rauskommen!")

Frau Dreißiger. Feifer, Feifer, sie wollen Feifer raushaben.

Pfeifer (stürzt herein). Herr Dreißicher, am Hinterthor stehn o schonn Leute. De Hausthir hält keene drei Minuten mehr. D'r Wittigschmied haut mit an Ferbeeimer drauf nei wie a Unsinniger. (Von unten Gebrüll lauter und deutlicher: „Expedient Feifer soll rauskommen! — Expedient Feifer soll rauskommen!")

Fr. Dreißiger (rennt davon, wie gesagt; ihr nach Frau Kittelhaus. Beide ab).

Pfeifer (horcht auf, wechselt die Farbe, versteht den Ruf und ist im nächsten Moment von wahnsinniger Angst erfaßt. Das folgende weint, wimmert, bettelt, winselt er in rasender Schnelligkeit durcheinander. Dabei überhäuft er Dreißiger mit kindischen Liebkosungen, streichelt ihm Wangen und Arme, küßt seine Hände und umklammert ihn schließlich, wie ein Ertrinkender, ihn dadurch hemmend und fesselnd und nicht von ihm loslassend). Ach liebster, scheenster, allergnädigster Herr Dreißicher, lassen se mich nich zuricke, ich hab ihn immer treu gedient; ich hab och de Leute immer gutt behandelt. Mehr Lohn, wie festgesetzt war, konnt' ich'n doch nich geben. Verlassen Se mich nich, se machen mich kalt. Wenn se mich finden, schlagen se mich todt. Ach Gott im Himmel, ach Gott im Himmel! Meine Frau, meine Kinder...

Dreißiger (indem er abgeht, vergeblich bemüht, sich von Pfeifer loszumachen). Lassen Sie mich doch wenigstens los, Mensch! Das wird sich ja finden; das wird sich ja alles finden. (Ab mit Pfeifer.)

(Einige Secunden bleibt der Raum leer. Im Salon zerklirren Fenster. Ein starker Krach durchschallt das Haus: hierauf brausendes Hurrah! danach Stille. Einige Secunden vergehen, dann hört man leises und vorsichtiges Trappen die Stufen zum ersten Stock empor, dazu nüchterne und schüchterne Ausrufe: „links!" „oben nuff!" „pscht!" „langsam! langsam!" „schipp ock nich!„ „hilf schirjen!" „praatz, hab ich a Ding!" „macht fort ihr Würgebänder!" „mir gehn zur Hochzeit!" „geh Du nei!" „o geh Du!"

Es erscheinen nun junge Weber und Webermädchen in der Flurthür, die nicht wagen einzutreten, und eines das andere hereinzustoßen suchen. Nach einigen Secunden ist die Schüchternheit überwunden, und die ärmlichen, mageren, theils kränklichen, zerlumpten oder geflickten Gestalten vertheilen sich in Dreißigers Zimmer und im Salon, alles zunächst neugierig und scheu betrachtend, dann betastend. Mädchen versuchen die Sofas, es bilden sich Gruppen, die ihr Bild im Spiegel bewundern. Es steigen einzelne auf Stühle, um die Bilder zu betrachten und herabzunehmen, und inzwischen strömen immer neue Jammergestalten vom Flur herein.)

Erster alter Weber (kommt). Nee, nee, da laßt mich aber doch zufriede! Unten da fangen se gar schonn an und richten an Sache zugrunde. Nu die Tollheet! Da is doch kee Sinn und kee Verstand o nich drinne. Ums Ende wird das noch gar sehr a beese Ding. Wer hie an hellen Kopp behält, der macht ni mit. Ich wer mich in Obacht nehmen und wer mich an solchen Unthaten betheiligen.

(Jäger, Bäcker, Wittig mit einem hölzernen Eimer, Baumert und eine Anzahl junger und alter Weber kommen, wie von der Jagd nach etwas hereingestürmt, mit helleren Stimmen durcheinander rufend.)

Jäger. Wo is a hin?

Bäcker. Wo is der Menschenschinder?

Baumert. Könn' mir Gras fressen, friß du Sägespäne.

Wittig. Wenn m'rn kriegen, knippen mer'n uf.

Erster junger Weber. Mir nehmen'n bei a Been'n und schmeißen'n zum Fenster naus, uff de Steene, daß a bald fer immer liegen bleibt.

Zweiter junger Weber (kommt). A is fort iber alle Berge.

Alle. Wer denn?

Zweiter junger Weber. Dreißicher.

Bäcker. Feifer o?

Stimmen. Sucht Feifern! sucht Feifern!

Baumert. Such, such Feiferla, ß' is a Weberschmann auszuhungern. (Gelächter.)

Jäger. Wenn mersch o ni kriegen, das Dreißicherviehch..., arm soll a wer'n.

Baumert. Arm soll a wer'n, wie ne Kirchenmaus. Arm soll a wer'n: (Alle stürmen in der Absicht zu demoliren auf die Salonthüre zu.)

Bäcker (der voran eilt, macht eine Wendung und hält die Anderen auf.) Halt, hört uf mich! Sei mer hier fertig, da fang m'r erscht recht an. Von hier aus geh m'er nach Bielau niber, zu Dittrichen, der de bi mechanschen Webstihle hat. Das ganze Elend kommt von a Fabriken.

Der alte Ansorge (kommt vom Flur herein. Nachdem er einige Schritte gemacht, bleibt er stehen, sieht sich ungläubig um, schüttelt den Kopf, schlägt sich vor die Stirn und sagt). Wer bin ich? D'r Weber Anton Ansorge. Is a verruckt geworn, Ansorge? 'S is wahr, mit mir dreht sich's um's Kreisel rum wie ne Bremse. Was macht a hier? Was a lustig is, wird a woll machen. Wo is a hier, Ansorge? (Er schlägt sich wiederholt vor den Kopf.) Ich bin ni gescheut! Ich steh fer nischt. Ich bin ni recht richtig. Geht weg, geht weg! Geht weg, Ihr Rebeller! Kopp weg, Beene weg, Hände weg. Nimmst du m'r mei Häusl, nehm ich d'r dei Häusl. Immer druff! (Mit Geheul ab in den Salon. Die Anwesenden folgen ihm mit Gejohl und Gelächter.)

Ende des vierten Aktes.

Fünfter Akt.

Personen des fünften Aktes.

Bäcker.
Moritz Jäger.
Der alte Baumert.
Wittig.
Zornig.
Der alte Hilse, Weber.
Seine Frau.
Gottlieb, sein Sohn.
Luise, dessen Frau.
Mielchen, Tochter.
Schmidt, Chirurgus.
Junge und alte Weber und Weberfrauen.

Langen-Bielau. — Das Weberstübchen des alten Hilse. Links ein Fensterchen, davor ein Webstuhl, rechts ein Bett, dicht daran gerückt ein Tisch. Im Winkel rechts der Ofen mit Bank. Um den Tisch, auf Ritsche, Bettkante und Holzschemel sitzend: der alte Hilse, seine ebenfalls alte, blinde und fast taube Frau, sein Sohn Gottlieb und dessen Frau Luise, bei der Morgenandacht. Ein Spulrad mit Garnwinde steht zwischen Tisch und Webstuhl. Auf den gebräunten Deckbalken ist allerhand altes Spinn-, Spul- und Webegeräth untergebracht. Lange Garnsträhne hängen herunter. Vielerlei Krast liegt überall im Zimmer umher. Der sehr enge, niedrige und flache Raum hat eine Thür nach dem „Hause" in der Hinterwand. Dieser Thür gegenüber im „Hause" steht eine andere Thür offen, die den Einblick gewährt in ein zweites, dem ersten ähnliches Weberstübchen. Das Haus ist mit Steinen gepflastert, hat schadhaften Putz und eine baufällige Holztreppe hinauf zur Dachwohnung. Ein Waschfaß auf einem Schemel ist theilweise sichtbar; ärmlichste Wäschestücke, Hausrath armer Leute steht und liegt durcheinander. Das Licht fällt von der linken Seite in alle drei Räumlichkeiten.

Der alte Hilse (ein bärtiger, starkknochiger, aber nun von Alter, Arbeit, Krankheit und Strapazen gebeugter und verfallener Mann. Veteran, einarmig. Er ist spitznasig von fahler Gesichtsfarbe, zittrig, scheinbar nur Haut, Knochen und Sehne und hat die tiefliegenden, charakteristischen, gleichsam wunden Weberaugen. — Nachdem er sich mit Sohn und Schwiegertochter erhoben, betet er:) Du lieber Herrgott, mir kenn Dir gar nich genug Dank bezeigen, das Du uns auch diese Nacht in deiner Gnade und Güte ... und hast Dich unser erbarmt. Das mir auch diese Nacht nich han keen'n Schaden genommen. „Herr Deine Güte reicht so weit", und mir sein arme, beese sindhafte Menschenkinder, ni wert, daß bei Fuß uns zertritt, a so sindhaftich und ganz verderbt sein mir. Aber Du lieber Vater willst uns ansehn und annehmen um Deines teuren Sohnes unsers Herrn und Heilands Jesus Christus willen. „Jesu Blut und Gerechtigkeit, das is mein Schmuck und Ehrenkleid." Und wenn auch mir, und mer wern manchmal kleenmütich unter Deiner Zuchtrute — wenn, und der Owen d'r Läutrung und brennt gar zu rasnich heiß — da rech's uns ni zu hoch an, vergieb uns unsre Schuld. Gieb uns Geduld, himmlischer Vater, daß mir nach diesem Leeden und wern theilhaftig Deiner ewigen Selichkeet, amen.

Mutter Hilse (welche vorgebeugt mit Anstrengung gelauscht hat, weinend). Nee, Vaterle, Du machst a zu a scheenes Gebete machst Du immer. (Luise begiebt sich an's Waschfaß, Gottlieb in's gegenüberliegende Zimmer.)

Der alte Hilse. Wo is denn's Madel?

Luise. Niber nach Peterschwalbe — zu Dreißichern. Se hat wieder a par Strähne verspult nächt'n Abend.

Der alte Hilse (sehr laut sprechend). Na, Mutter, nu wär ich D'r'sch Rädla bringen.

Mutter Hilse. Nu brings, brings, Aaler.

Der alte Hilse (das Spulrad vor sie hinstellend). Sieh ock, ich wollt D'r'sch ja zu gerne abnehmen...

Mutter Hilse. Nee.. nee.. was thät ock ich anfangen mit der vielen Zeit!?

Der alte Hilse. Ich wer D'r de Finger a bissel abwischen, das nich emt's Garn wird fettig — herscht de (Er wischt ihr mit einem Lappen die Hände ab.)

Luise (vom Waschfaß). Wo hätt' mir ock Fettes gegessen!?

Der alte Hilse. Hab'n mer kee Fett, ess' mir'sch Brot trocken — hab'n mer kee Brot, ess mer Kartoffeln — hab'n mer keene Kartoffeln ooch nich, da ess mer rockne Kleie.

Luise (bazlich). Und habn mer kee Schwarzmehl, da machen mer'sch wie Wenglersch unten, da sehn m'r hernach, wo d'r Schinder a verreckt' Ferd hat verscharrt das graben m'r aus, und da leben mer a mal a par Wochen von Luder —: a so mach mer'sch! nich wahr?

Gottlieb (aus dem Hinterzimmer). Was Geier hast Du fer a Geschwaße!?

Der alte Hilse. Du sollst Dich mehr vorsehn mit gottlosen Reden! (Er beglebt sich an den Webstuhl, ruft). Wollst m'r ni helfen, Gottlieb — 's sein ock a par Fädel z'um durchziehn.

Luise (vom Waschfaß aus). Gotlieb, sollst Vatern zureechen.

(Gottlieb kommt. Der Alte und sein Sohn beginnen nun die mühsame Arbeit des „Kammstechen": Fäden der Kette werden durch die Augen der Kämme oder Schäfte am Webstuhl gezogen. Kaum haben sie begonnen, so erscheint im „Hause" Hornig.

Hornig (in der Stubenthür). Viel Glück zum Handwerk!

Der alte Hilse und Sohn. Scheen Dank, Hornig! Nu sag amal, wenn schläfst Du b'n eegntlich? Bei Tage gehst uf a Handel, in dr Nacht stehst de uf Wache.

Hornig. Ich hab doch gar kee'n Schlaf nimehr!...?

Luise. Willkommen, Hornig!

Der alte Hilse. Na was bringst Du Gudes?

Hornig. Scheene Neuigkeeten, Meester. De Peterschwalder habn amal 'n Teiwel riskirt und haben a Fabrikant Dreißiger mit samst der ganzen Familie zum Loche naus gejagt.

Anna (mit Spuren von Erregung). Hornig lügt wieder amal in a hellen Morgen nein.

Hornich. Dasmal nich junge Frau! dasmal nich. — Scheene Kinderschirzl' hätt' ich im Wagen. Nee nee ich sag reene Warheet. Se haben 'n heilig fortgejagt. Gestern Abend is a nach Reechenbach kommen. Na Gott zu Dir! Da han's'n doch ni erscht amal wolln behaltn, — aus Furcht vor a Webern, — da hat a doch pluße wieder fortgemußt uf Schweiniß nein —

Der alte Hilse (Er nimmt Fäden der Werfte vorsichtig auf und bringt sie in die Nähe des Kammes, durch dessen eines Auge der Sohn von der anderen Seite mit einem Drahthäkchen greift, um die Fäden hindurchzuziehen.) Nu hast' aber Zeit, das de uufhörscht, Hornig!

Hornig. Ich will ni mit heilen Knochen von d'r Stelle gehn. Nee, nee, das weeß ja bald jedes Kind.

Der alte Hilse. Nu sag amal, bin ich nu verwirrt, oder bist Du verwirrt.

Hornig. Nu das heeßt. Was ich Dir erzählt, hab, das is a so wahr, wie Amen in d'r Kirche; ich wollte ja nischt sagen, wenn ich und ich hätte nich d'rbei gestanden, aber a so hab ich's doch gesehn. Mit eegnen Augen, wie ich Dich hier sehn thu, Gottlieb. Gedemolirt haben se'n Fabrikanten sei Haus, unten vom Keller uf bis oben ruff unter de Dachreiter. Aus a Dachfenstern haben se's Porzlan geschmissen — immer ibersch Dach nunter. Wie viel hundert Schock Parchend liegen blos in d'r Bache?! 'S Wasser kann nimehr fort, kannst's glooben, 's kam immer iber a Rand riber gewellt, 's sah orntlich schwefelblau aus von dem vielen Indigo, den se haben aus a Fenstern geschüt't. Die himmelblauen Staubwolken, die kamen blos immer a so gepulwert. Nee, nee, dort haben se schonn fürchterlich geäschert. Ni ock etwa im Wohnhause.... In d'r Färberei... uf a Speichern...! 'S Treppengeländer zerschlagen, de Dielen usgerissen — Spiegel zertrimmert — Sofa, Sessel, alles zerrissen und zerschlissen, zerschnitten und zerschmissen — zertreten und zerhackt — nee verpucht! — kannst's glooben, schlimmer wie im Kriege.

Der alte Hilse. Und das sollten hiesige Weber gewest sein!? (Er schüttelt langsam und ungläubig den Kopf. An der Thür haben sich neugierige Hausbewohner gesammelt).

Hornig. Nu, was denn sonste? Ich kennte ja alle mit Namen genen'n. Ich führt a Landrath durch's Haus. Da hab ich ja mit vielen geredt. Se warn a so umgänglich, wie sonste. Se machten ihre Sache a so sachte weg, aber se machten's grindlich. D'r Land=

rath redte mit vielen. Da warn se a so dehmütig wie sonste. Aber abhaltn ließen se sich nich. Die scheensten Möbelstücke, die wurden zerhackt, ganz wie fürsch Lohn.

Der alte Hilse. A Landrath hättst Du durchs Haus geführt?

Hornig. Nu, ich wer mich doch ni fürchten. Ich bin doch bekannt bei den Leuten, wie a beese Greschel. Ich hab doch mit keen'n nischt. Ich steh doch mit allen gut. A so gewiß, wie ich Hornig heeße, so wahr bin ich durchgegangen. Und ihr kennt's dreiste glooben —: mir is orntlich weech worn hie rum — und'n Landrath, dem sah ich's woll ooch an — 's ging 'n nahe genug. Denn warum? — Ma hörte ooch noch nich amal a eenzichtes Wort, a so schweigsam ging's her. Orntlich feierlich wurd' een zu Mutte, wie die armen Hungerleiber und nahmen amal ihre Rache — dahier.

Luise (mit ausbrechender, zitternder Erregung. Zugleich die Augen mit der Schürze reibend). A so is ganz recht, a so muß kommen!

Stimmen der Hausbewohner. „Hier gäbs o Menschenschinder genug." „Da drüben wohnt glei eener." „Der hat vier Pferde und sechs Kutsch=wagen im Stalle und läßt seine Weber d'rfüre hungern."

Der alte Hilse (immer noch ungläubig.) Wie sollte das a so rauskommen sein, dort driben?

Hornig. Wer weeß' nu!? Wer weeß' ooch!? Eener spricht so, d'r andre so.

Der alte Hilse. Was sprechen se denn?

Hornig. Na, Gott zu Dir, Dreißiger sollte gesagt habn: de Weber kennten ja Gras fressen, wenn se hungern täten. Ich weeß nu weiter nich.

(Bewegung auch unter den Hausbewohnern, die es einer dem andern unter Zeichen der Entrüstung weiter erzählen.)

Der alte Hilse. Nu hör amal, Hornig. Du

kennst mir meinswegn sagen: Vater Hilse, morgen mußt Du sterben. Das kann schonn meeglich sein, würd' ich sprechen — warum denn ni? — Du kennstt mir sagen: Vater Hilse, morgen besucht Dich d'r Keenich von Preußen — aber das Weber, Menschen wie ich und mei Sohn — und sollten solche Sachen haben vor=gehabt. Nimmermehr! Nie und nimmer wer' ich das glooben.

Mielchen (siebenjähriges, hübsches Mädchen, mit langen, offenen Flachshaaren, ein Körbchen am Arm, kommt hereingesprungen. Der Mutter einen silbernen Eßlöffel entgegenhaltend). Mutterle, Mutterle! sieh oc, was ich hab! Du sollst mer a Kleedl d'rfor koofen.

Luise. Was kommst 'n Du a so gejähdert, Mädel? (Mit gesteigerter Aufregung und Spannung.) Was bringst 'n da wieder geschleppt, sag emal. Du bist ja ganz hinter a Oden gekommen. Und de Feisel sein noch im Körbel. Was soll denn das heeßen, Mädel?

Der alte Hilse. Mädel, wo hast Du den Löffel her?

Luise. Kann sein, se hat'n gefunden.

Hornig. Seine zwee, drei Thaler is der gut werth.

Der alte Hilse (außer sich). Naus, Mädel! naus! Glei machst das b' naus kommst. Wirscht Du glei folgen, oder soll ich a Prügel nehmen?! Und den Leffel trägst hin, wo d'n her hast. Naus! Willst Du uns alle mitsammen zu Dieben machen, hä? Dare, Dir wer ich's mausen austreiben (er sucht etwas zum hauen).

Mielchen (sich an der Mutter Röcke klammernd, weint). Groß=vaterle, hau mich nich — mer — haben's — doch ge—gefunden. De — Spul... Spul — Kinder — haben — alle — welche.

Luise (zwischen Angst und Spannung hervor stoßend). Nu da siehst's doch, gefunden hat ji's. Wo hast's denn ge=funden?

Mielchen (schluchzend). In Peterſch — walde haben — merſch ge — funden, vor Dreißigerſch — Hauſe.

Der alte Hilſe. Nu da hätt m'r ja de Beſcheerung. Nu mach aber lang, ſonſter wer ich b'r auf a Trabb helfen.

Mutter Hilſe. Was geht denn vor?

Hornig. Itz will ich dr was ſagn, Vater Hilſe. Laß Gottlieben a Rock anziehn, a Löffel nehmen und auf's Amt tragen.

Der alte Hilſe. Gottlieb, zieh b'r a Rock an!

Gottlieb (ſchon im Anziehen begriffen, eifrig). Und da wer ich uf de Kanzlei gehn und ſprechen: ſe ſollten's nich übel nehmen, a ſo a Kind hätte halt doch no nich a ſo's Verſtändniß dervon. Und da brächt ich da Löffel. Hier uf zu flern Mädel!

(Das weinende Kind wird von der Mutter in's Hinterzimmer gebracht, beſſen Thür ſie ſchließt. Sie ſelbſt kommt zurück.)

Hornig. Seine drei Thaler kann der gutt werth haben.

Gottlieb. Gieb ock a Tichl, Luiſe, daß a nich zu Schaden kommt. Nee nee, a ſo, a ſo a teuer Dingel (er hat Thränen in den Augen, während er den Löffel einwickelt.)

Luiſe. Wenn mir a hätt'n, kennt mer viele Wochen leben.

Der alte Hilſe. Mach, mach, feber Dich! Feber Dich a ſo ſehr, wie de kannſt! Das wär a ſo was! Das fehlt' mir noch grade. Mach, das mir den Satansleffel vom Halſe kriegen.

(Gottlieb ab mit dem Löffel.)

Hornig. Na nu wer ich ooch ſehn, das ich weiter komme. (Er geht, unterhält ſich im Haus noch einige Sekunden, dann ab.)

Chirurgus Schmidt (ein queckſilbriges, kugliches Männchen mit weinrothem, pfiffigem Geſicht kommt in's Haus). Gu'n morgen, Leute! Na, das ſind m'r ſcheene Geſchichten. Kommt mir nur! (Mit dem Finger drohend.) Ihr habt's dick hinter'n Ohren. (In der Stubenthür, ohne herein zu kommen.) Gu'n morgen, Vater

Hilfe! (Zu einer Frau im „Hause".) Nu Mutterle, wie steht's midn Reißen? Bejjer, wie? Na säht ihr woll. Vater Hilfe, ich muß doch och mal schaun, wie's bei Euch aussieht. Was Teuwel, is denn dem Mutterle?

Luise. Herr Docter, de Lichtadern sein er vertrocknt, se sieht gar gar nischt mehr.

Chirurgus Schmidt. Das macht der Staub und das Weben bei Licht. Na sagt amal, kennt ihr Euch dariber 'n Versch machen? Ganz Peterschwaldau is ja auf'n Beinen hierriber. Ich setz mich heut frieh in meinen Wagen, benke nischt ibels, nicht mit einer Faser. Höre da förmlich Wunderdinge. Was in drei Teiwels Namen ist denn in die Menschen gefahren, Hilfe? Wüthen da wie 'n Rudel Welfe. Machen Revolution, Rebellion; werden reuitent, plündern und marodiren... Mielchen! wo is denn Mielchen? (Mielchen, noch roth vom Weinen, wird von der Mutter herein geschoben.) Da, Mielchen, greif mal in meine Rockschöße. (Mielchen thut es.) Die Jessernijje sind Deine. Na, na; nich alle auf einmal. Schwernotsmädel! Erst singen! Fuchs du hast die... na? Fuchs du hast die... Gans... Wart nur Du, was Du gemacht hast: Du hast ja die Sperlinge uf'n Pfarrzaune Stengel= scheißer genannt. Die haben's angezeigt bei'm Herr Kanter. Na nu sag blos ein Mensch. An finfzehn= hundert Menschen sind auf der Achse. (Fernes Glockenläuten.) Hört mal: — in Reichenbach leuten sie Sturm. Finf= zehnhundert Menschen. Der reine Weltuntergang. Unheimlich!

Der alte Hilfe. Da kommen si wirklich hierriber nach Bielau?

Chirurgus Schmidt. Nu freilich, freilich, ich bin ja durchgefahren. Mitten durch a ganzen Schwarm. Am liebsten wär ich abgestiegen und hätte glei jed'm a Pulwerle gegeben. Da trottelt eener hinter'm andern her, wie's graue Elend und verführen ein Gesinge, daß een förmlich a Magen umwendt, daß een richtig zu wirgen anfängt. Mei Friedrich uf'm Bocke, der hat genatscht wie a alt Weib. Mir mußten uns glei b'rhinter her 'n tichtichen Bittern koofen. Ich mechte kee Fabrikante sein, und wenn ich gleich uf Gummirädern fahr'n kennte. (Fernes Singen.) Horcht mal! Wi= wenn man mit a Knecheln 'n alten, zersprungenen Bunzeltopp bearbeit'. Kinder, das dauert nich fünf Minuten, da haben mer se hier. Adje Leute. Macht keene Tummheiten. Militär kommt gleich dahinter her. Bleibt bei Verstande. Die Peterswaldauer habm a Verstand verloren. (Nahes Glockenläuten.) Himmel nu fangen unsere Glocken auch noch an, da müssen ja die Leute vollens ganz verrikt werd'n. (Ab in den Oberstock.)

Gottlieb (kommt wieder. Noch im „Hause" mit fliegendem Athem). Ich hab se gesehn, ich hab se gesehn. (Zu einer Frau im „Hause".) Se sein da, Muhme, se sein da! (In der Thür.) Se sein da, Vater, se sein da! Se haben Bohnen= stangen und Stichliche und Hacken. Se stehn schonn bei'm oberschten Dittriche und machen Randal. Se kriegen gloob ich Geld ausgezahlt. O jes's, was wird ock noch werden dahier? Ich seh nich hin. A so viel Leute, nee a so viel Leute! Wenn die erscht, und nehmen an Anlauf — o verpucht, o verpucht! da sein unsere Fabrikanten o beese dran.

Der alte Hilse. Was bist de denn so gelaufen. Du wirscht a so lange jächen, biste wirscht wieder amal bei altes Leiden haben, biste wirscht wieder amal uuf'n Ricken liegen und um dich schlagen.

Gottlieb (halb und halb freudig erregt). Nu ich mußte doch laufen, sonste hätten die mich ja feste gehalten. Se prillten ja schonn alle: ich sollte de Hand auch hinrecken. Pate Baumert war ooch dr'bei. Der meent' iber mich, hol d'r ock ooch an Finfbehmer, du bist o a armer Hungerleider. A sagte gar: sag du's dein'n Vater.... Ich sollt's ihn sagen, Vater, se sollten kommen und sollten mit helfen a Fabrikanten be Schinderei heemzahlen. (Mit Leidenschaft.) 's kämen jetzt andre Zeiten, meent' a. Jetzt thät a ganz andre Ding werden mit uns Webern. M'r sollten alle kommen und's mithelfen durchsetzen. Mir wollten alle jetzt o unser Halbfindl Fleesch zum Sonntage haben, und an allen heiligen Tagen amal an Blutt= wurscht und Kraut. Das thät jetzt alles a ganz andre Gesichte kriegen, meent' er über mich.

Der alte Hilse (mit unterdrückter Entrüstung). Und das will bei Pate sein?! Und heeßt dich a an solchen sträflichen Werke mit theelnehmen?! Laß du dich nich in solche Sachen ein, Gottlieb. Da hat b'r Teifel seine Hand im Spiele. Das is Satansarbeit, was die machen.

Luise (übermannt von leidenschaftlicher Aufregung, heftig). Ja, ja, Gottlieb, kaffer du dich hinter a Owen in de Helle, nimm b'r an Kochleffel in de Hand und ne Schüssel voll Puttermilch uf be Kniee, zieh b'r a Reckel an und sprich Gebetel, so bist'n Vater recht. — Und das will a Mann sein?

(Lachen der Leute im „Hause".)

Der alte Hilse (bebend mit unterdrückter Wuth). Und du willst ne richtige Frau sein, hä? Da wer ich dirsch amal orntlich sagen. Du willst ne Mutter sein und hast so a meschantes Maulwerk dahier. Du willst dein'n Mädel Lehren geben und hetzt bein'n Mann uf zu Verbrechen und Ruchlosichkeiten?!

Luise (maßlos). Mit euren bigotten Räden .... bederwon da is mir o noch nich amal a Kind satt geworn. Derwegen han se gelegen, alle viere in Unflat und Lumpen. Da wurd ooch noch nich amal a eenzichtes Winderle trocken. Ich will ne Mutter sein, daß b's weeßt! und deswegen, daß b's weeßt, winsch ich a Fabrikanten de Hölle und be Pest in a Rachen 'nein. Ich bin ebens ne Mutter. — Erhält ma woll so a Wirmel?! Ich hab mehr geflennt wie Oden geholt, von dem Augenblicke an, wo a so a Hiperle uf de Welt kam, bis d'r Tot und erbarmte sich drüber. Ihr habt euch an Teiwel gescheert. Ihr habt gebet't und gesungen, und ich hab m'r de Fisse bluttich gelaufen nach een'n eenzichten Neegl Puttermilch. Wie viel hundert Nächte hab ich mir a Kopp zerklaubt, wie ich ock und ich kennte so a Kindel ock a cenzich mal um a Kirchhoof rumpaschen. Was hat so a Kindel verbrochen, hä? und muß so a elendigliches Ende nehmen — und drieben bei Dittrichen, da wern se in Wein gebadt und mit Milch gewaschen. Nee, nee! wenn's hie losgeht — ni zehn Pferde solln mich zuricke halten. Und das sag ich: stirmen se Dittrichens Gebäude — ich bin de Erschte — und Gnade jeden der mich will abhalten. — Ich habs satt, a so viel steht feste.

Der alte Hilse. Du bist gar verfallen, dir is ni zu helfen.

Luise (in Raserei). Euch is nich zu helfen. Lappärsche seid ihr. Haderlumpe aber keene Manne. Gattschliche zum anspucken. Wecchquarggesichter, die vor Kinderklappern reißaus nehmen. Kerle, die dreimal „scheen dank" sagen fer ne Tracht Prügel. Euch haben se de Adern so leer gemacht, das ihr ni amal mehr kennt rot anlaufen im Gesichte. An Peitsche sollt ma nehmen und euch a Kriin einbläun in eure faulen Knochen. (Schnell ab.)

(Verlegenheitspause.)

Mutter Hilse. Was is denn mit Liesl'n, Vater?

Der alte Hilse. Nischte, Mutterle. Was soll denn sein?!

Mutter Hilse. Sag amal, Vater, macht mirsch blos a so was vor, oder läuten de Glocken?

Der alte Hilse. Se wern een'n begraben, Mutter.

Mutter Hilse. Und mit mir wills halt immer

noch kee Ende nehmen. Warum sterb ich ock gar
nich, Mann?

(Pause.)

Der alte Hilse (läßt die Arbeit liegen, richtet sich auf, mit
Feierlichkeit). Gottlieb! — Dei Weib hat uns solche
Sachen gesagt. Gottlieb, sieh amal her! (Er entblößt
seine Brust.) Dahier saß Ding, a so groß wie a Finger=
hutt. Und wo ich men'n Arm hab gelassen, das weeß
d'r Keenich. De Mäuse haben mer'n nich abgefressen.
(Er geht hin und her.) Dei Weib — an die dachte noch gar
kee Mensch, da hab ich schonn mei Blutt quartweise
fersch Vaterland verspritzt. Und deshalb mag se
plärrn, so viel wie se Lust hat. — Das soll mir
recht sein. Das is mir Schißkojenne. — Ferchten?
Ich und mich ferchten? Vor was denn ferchten, sag
m'r a cenzigtes mal. Vor da Par Soldaten, die be
vielleicht und kommen hinter a Rebellern her? O
Jekerle! wärsch doch! Das wär halb schlimm. Nee,
nee, wenn ich schonn a bissel morsch bin uf a Rick
grat. — Wenn's druf ankommt, hab ich Knochen wie
Elfenbeen. Da nehm ich's schonn noch uf mit a
par lumpigten Bajonettern. — Na und wenn's gar
schlimm käm!? O viel zu gerne, viel zu gerne thät
ich Feirabend machen. Zum Sterben ließ ich mich
gewiß ni lange bitten. Lieber heut wie morgen. Nee,
nee. Und's wär o gar! denn was verläßt eens denn?
Den alten Marterkasten wird ma doch ni etwa beweinen?
Das Häuffel Himmelsangst und Schinderei da, das
ma Leben nennt, das ließ man gerne genug im Stiche
— Aber dann, Gottlieb! dann kommt was — und
wenn ma sich das auch noch vescherzt — dernachert is's
erscht ganz alle.

Gottlieb. Wer weeß, was kommt, wenn eens tot
is? Gesehn hats keener.

Der alte Hilse. Ich sag dirsch, Gottlieb! zweifle
nich an dem Eenzigten, was mir armen Menschen haben.

Jer was hätt ich denn hier gesessen — und Schemmel getreten uf Mord vierzig und mehr Jahr? und hätte ruhig zugesehn, wie der dort drüben in Hoffart und Schwelgerei lebt — und Gold macht aus mein'n Hunger und Kummer. Jer was denn? Weil ich ne Hoffnung hab. Ich hab was in aller der Noth. (Durch's Fenster weisend.) Du hast hier deine Parte — ich drüben in jener Welt: das hab ich gedacht. Und ich laß mich viertheeln — ich hab ne Gewißheet. Es ist uns verheißen. Gericht wird gehalten: aber nich mir sein Richter, sondern: mein is die Racha, spricht der Herr, unser Gott.

Eine Stimme (durchs Fenster). Weber raus!

Der alte Hilse. — Vor mir — macht was br lustig seid. (Er steigt in den Webstuhl.) Mich werd'r woll müssen drinne lassen.

Gottlieb (nach kurzem Kampf). Ich wer gehn und wer arbeiten. Mag kommen, was will. (Ab. Man hört das Weberlied, vielhundertstimmig und in nächster Nähe gesungen: es klingt wie ein dumpfes monotones Wehklagen.)

Stimmen der Hausbewohner (im „Hause".) „O jemersch, jemersch, nu kommen se aber wie de Ameisen." — „Wo sein ock die vielen Weber her?" — „Schipp ock nich, ich will ooch was sehn." — „Nu sieh ock die lange Latte, die de vorne weg geht." — „Ach! ach! nu kommen se knippeldicke!"

Hornig (tritt unter die Leute im „Hause"). Gellt, das is amal a so a Teater? So was sieht man nich alle Tage. Ihr sollt't ock ruf kommen zum oberschten Dittriche. Da haben se schonn wieder a Ding gemacht, das an Art hat. Der hat kee Haus nimehr, keene Fabricke nimehr — keen Weinkeller nimehr, kee garnischte mehr. Die Flaschen, die saufen se aus ... da nehmen se sich gar nich erscht amal Zeit de Froppen rauszureißen. Eens, zwee, drei, sein de Hälse runter. Ob se sich 's Maul uffschneiden mit a Scherben oder nich. Manche

laufen rum und bluten wie de Schweine. — Nu wern se den hiesigen Dittrich ooch noch hochnehmen.
(Der Massengesang ist verstummt).

Stimmen der Hausbewohner. Die sehn doch reen gar nich a so beese aus.

Hornig. Nu laßt's gutt sein! wart's ock ab! jetzt nehmen s'n de Gelegenheet erschte richtig in Augenschein. Sieh ock, wie se den Palast von allen Seiten uf's Korn nehmen. Seht ock den kleenen dicken Mann — a hat'n Pferdeeimer mite. Das is a Schmied von Peterschwalde, a gar a sehr gefirre Männdl. Der haut die dicksten Thüren ein, wie Schaumprezeln — das kennt 'r glooben. Wenn der amal an Fabrikanten in de Mache kriegt — der hat aber verspielt, dahier!

Stimmen der Hausbewohner. „Praaz hast a Ding!" „Da flog a Stein in's Fenster!" „Nu kriegt's d'r alte Dittrich mit d'r Angst." „A hängt an Tafel raus." „An Tafel hängt a raus?" „Was stehts denn druff?" „Kannst du ni lesen?" „Was sollte ock aus mir wern, wenn ich ni lesen kennte." „Na, lies amal!" „Ihr — sollt — alle befrie — digt werden, Ihr — sollt — alle — befriedigt werden."

Hornig. Das konnt a underwegens lassen. Helfen thutt's ooch nich a so viel. Die Brüder haben eegne Mucken. Hier is uf de Fabrike abgesehn. De mechanschen Stühle, die wolln se doch aus d'r Welt schaffen. Die sein's doch halt eemal, die a Handweber zu Grunde richten: das sieht doch a Blinder. Nee, nee! die Christen sein heut eemal im Zuge. Die bringt kee Landrath und kee Verwalter zu Verstande — und keene Tafel schonn lange nich. Wer die hat sehn wirtschaften — der weeß, was 's geschlagen hat.

Stimmen der Hausbewohner. „Ihr Leute,

ihr Leute a fo ne Menschheet!" — „Was wolln benn die?" — (haftig.) „Die kommen ja iber die Bricke riber!? — (ängstlich.) „Die kommen woll uf de kleene Seite?" (in höchster Ueberraschung und Angst.) „Die kommen zu uns, die kommen zu uns." „Se holn de Weber aus a Häusern raus."

(Alle flüchten, das „Haus" ist leer. Ein Schwarm aufständischer beschmutzt, bestaubt, mit von Schnaps und Anstrengung gerötheten Gesichtern, wüst, übernächtigt, abgerissen, bringt mit dem Ruf: „Waber raus!" in's „Haus" und zerstreut sich von da in die einzelnen Zimmer. In's Zimmer des alten Hilse kommt Bäcker und einige junge Weber mit Knütteln und Stangen bewaffnet. Als sie den alten Hilse erkennen, stutzen sie, leicht abgekühlt.)

Bäcker. Vater Hilse, hört uf mit der Exterei. Laßt ihr das Bäntl dricken, wer Lust hat. Ihr braucht Euch keen'n Schaden nichmehr antreten. Dafor wird gesorgt wern.

Erster junger Weber. Ihr sollt och ken'n Tag nich mehr hungrich schlafen gehn.

Zweiter junger Weber. D'r Weber soll wieder a Dach iber a Kopp und a Hemde uf a Leib kriegen.

Der alte Hilse. Wo bringt euch d'r Teiwel her mit Stangen und Aexten.

Bäcker. Die schlag mer inzwee uf Dittrichens Puckel.

Zweiter junger Weber. Die mach m'r glühend und stoppen se a Fabrikanten in a Rachen. Das se auch amal merken, wie Hunger brennt.

Dritter junger Weber. Kommt mit, Vater Hilse! mir geben kee Pardon.

Zweiter junger Weber. Mit uns hat o keener Erbarmen gehabt. Weder Gott noch Mensch. Jetzt schaffen mir uns selber Recht.

Der alte Baumert (kommt herein, schon etwas unsicher auf den Füßen, einen geschlachteten Hahn unter'm Arm. Er breitet die Arme aus). Brii — derle — mir sein alle Brüder! Kommt an mei Herze, Brüder!

(Gelächter.)

Der alte Hilse. A so siehst du aus, Willem!?

Der alte Baumert. Gustav, Du!? Gustav, armer Hungerleider, komm an mei Herze. (Gerührt.)

Der alte Hilse (brummt). Laß mich zufriede.

Der alte Baumert. Gustav, a so is's. Glick muß d'r Mensch habn. Gustav, schmeiß amal a Auge uf mich. Wie seh ich aus? Glick muß d'r Mensch haben! Seh ich nich aus wie a Graf? (Sich auf den Bauch schlagend.) Rat amal, was in dem Bauche steckt? A Edelmansfressen steckt in dem Bauche. Glick muß d'r Mensch haben, da kriegt a Schlampancher und Hasengebratnes. — — Ich wer Euch was sagen: mir haben halt an Fehler gemacht: Zulangen miß mer.

Alle (durcheinander). Zulangen miß mer, hurrah!

Der alte Baumert. Und wenn' ma de erschten gutten Bissen verdrickt hat, da spiirt ma's woll balde in d'r Natur. H—uchjesus, da kriegt man ne Forsche, a so stark wie a Bremmer. Da treibt's een de Stärke aus a Gliedmaßen ock a so raus, das man gar nimehr sieht, wo man hinhaut. Verflugasich die Lust aber doch!

Jäger (in der Thür, bewaffnet mit einem alten Kavalleriesäbel). Mir habn a par famoste Attacken gemacht.

Bäcker. Mir haben die Sache schon sehr gutt begriffen. Eens, zwee, drei, sind mer drinne in a Häusern. Da gehts aber o schonn wie helles Feuer. Daß' ock a so prasselt und zittert. Daß' de Funken spritzen, wie ei d'r Feueresse.

Erster junger Weber. Mir sollten gar amal a klee Feuerle machen.

Zweiter junger Weber. Mir ziehn nach Reechenbach und zinden a Reichen be Häuser iberm Koppe an.

Jäger. Das wär ben a Gestrichnes. Da kriegten se erscht gar viel Feuerkasse. (Gelächter.)

Bäcker. Von hier ziehn mer na Freiburg zu Tromtra'n

Jäger. M'r sollten amal de Beamten hoch nehmen. Ich hab's gelesen, von a Birokratern kommt alles Unglicke.

Zweiter junger Weber. Mir ziehn balde nach Breslau. Mir kriegen ja immer mehr Zulauf.

Der alte Baumert (zu Hilse). Nu trink amal, Gustav!

Der alte Hilse. Ich trink nie keen'n Schnaps.

Der alte Baumert. Das war in b'r alten Welt, heut sind mir in eener andern Welt, Gustav!

Erster junger Weber. Alle Tage is nich Kirms. (Gelächter.)

Der alte Hilse (ungeduldig). Ihr Höllenbrände, was wollt Ihr bei mir.

Der alte Baumert (ein wenig verschüchtert, überfreundlich). Nu sieh ock, ich wollt d'r a Hähndl bringen. Sollst Muttern dervon an Suppe kochen.

Der alte Hilse (betroffen, halb freundlich). O, geh und sags Muttern.

Mutter Hilse (hat, die Hand am Ohr, mit Anstrengung hingehorcht, nun wehrt sie mit den Händen ab). Lasst mich zufriede. Ich mag keene Hühndlsuppe.

Der alte Hilse. Hast recht, Mutter. Ich ooch nich. A so eene schonn gar nich. Und Dir, Baumert! Dir will ich a Wort sagn. Wenn de Alten schwatzen wie be kleen'n Kinder, da steht b'r Teiwel uf'm Koppe vor Freeden. Und das ihr'sch wißt! Das ihr'sch alle wißt: Ich und Ihr, mir haben nischt nich gemeen. Mit mein'n Willen seit'r nich hier. Ihr habt hier nach Recht und Gerechtichkeet nischt nich zu suchen!

Stimme. Wer nich mit uns is, der is wider uns.

Jäger (brutal drohend). Du bist gar sehr schief gewickelt. Hör amal, Aaler, mir sind keene Diebe.

Stimme. Mir haben Hunger, weiter nischt.

Erster junger Weber. Mir wolln leben und

weiter nischt. Und deshalb haben mer a Strick durchgeschnitten an dem mer hingen.

Jäger. Und das war ganz recht! (Dem Alten die Faust vor's Gesicht haltend.) Sag Du noch ee Wort. Da setzt's a Ding 'nein — mitten in's Zifferblatt.

Bäcker. Gebt Ruhe, gebt Ruhe, laß Du den alten Mann. — Vater Hilse: a so denken mir eemal: eher tot, wie a so a Leben noch eemal anfangen.

Der alte Hilse. Hab ich's nich gelebt sechzig und mehr Jahr?

Bäcker. Das is eegal, anderscher muß doch werden.

Der alte Hilse. Am Nimmermehrschtage.

Bäcker. Was mir nich guttwillig kriegen, das nehmen mir mit Gewalt.

Der alte Hilse. Mit Gewalt? (Lacht.) Nu da laßt Euch bald begraben dahier. Se werns Euch be= weisen, wo de Gewalt steckt. Nu wart ock, Pirschl!

Jäger. Etwa wegen a Soldaten? Mir sein auch Soldaten geweft. Mit a par Companieen wern mir schonn fertig werden.

Der alte Hilse. Mid'n Maule, da gloob ich's. Und wenn ooch: Zweee jagt'r naus, zehne kommen wieder rein.

Stimmen (durch's Fenster). Militär kommt. Seht Euch vor!

(Allgemeines, plötzliches Verstummen. Man hört einen Moment schwach Quer= pfeifen und Trommeln. In die Stille hinein ein kurzer, unwillkürlicher Ruf:

„O verpucht! Ich mach lang!" (Allgemeines Gelächter.)

Bäcker. Wer redt hier von ausreißen? Wer is das geweft?

Jäger. Wer tutt sich hier fürchten, vor a par lumpichten Pickelhauben? Ich wer Euch kommandiren. Ich bin beim Commis geweft. Ich kenne den Schwindel.

Der alte Hilse. Mit was wollt'ern schiffen? Woll mit a Priegeln, hä?

Erster junger Weber. Den alten Kropp laßt zufriede, a is ni recht richtig im Oberstibel.

Zweiter junger Weber. A bissel ibertrabt is a schonn.

Gottlieb (ist unbemerkt unter die Aufständischen getreten, packt den Sprecher). Sollst Du an alten Manne so plämsch kommen?

Erster junger Weber. Laß mich zufriede, ich hab nischt gesagt beeses.

Der alte Hilse (sich ins Mittel legend). O laß Du a labern. Vergreif Dich nich, Gottlieb. A wird balde genug einsehn, wer de heute verwirrt is, ich ober er.

Bäcker. Gehst' mit uns, Gottlieb?

Der alte Hilse. Das wird a woll bleiben lassen.

Luise (kommt in's Haus, ruft herein). O halt Euch ni uf erscht. Mit solchen Gebetbichl=Hengsten verliert erscht keene Zeit. Kommt uf a Platz! Uf a Platz sollt'r kommen. Pate Baumert kommt a so schnell wie er kennt. Dr Major spricht mit a Leuten vom Ferde runter. Se sollten heem gehn. Wenn ihr ni schnell kommt, haben mer verspielt.

Jäger (im Abgehen). Du hast'n scheen'n tapfern Mann.

Luise. Wo hätt ich an Mann? Ich hab gar keen'n Mann!

(Im „Hause" singen einige.)

'S war amal a kleener Mann
Hee, juchhee!
Der wollt a groß Weibl han
Hee bibel bibel bim bim bim heirassassa!

Der alte Wittig (ist, einen Pferdeeimer in der Faust, vom Oberstock gekommen, will hinaus, bleibt im „Hause" einen Augenblick stehen.) Druf! wer de kee Hundsfott sein will, Hurrah!
(Er stürmt hinaus. Eine Gruppe, darunter Luise und Jäger folgen ihm mit „Hurrah".)

Bäcker. Lebt gsund, Vater Hilse, mir sprechen uns wieder. (Will ab.)

Der alte Hilse. Das gloob ich woll schwerlich. Fünf Jahr leb ich nimehr. Und eher kommste ni wieder raus.

Die Weber.

Bäcker (verwundert stehen bleibend). Wo denn her, Vater Hilse?

Der alte Hilse. Aus 'n Zuchthause, woher denn sonste?

Bäcker (wild herauslachend). Das wär mir schonn lange recht. Da kriegt ma wenigstens satt Brot, Vater Hilse! (Ab.)

Der alte Baumert (war in stumpfsinniges Grübeln, auf einem Schemel hockend, verfallen; nun steht er auf). 'S is wahr, Gustav, an' kleene Schleuder hab ich. Aber derwegen bin ich noch klar genug im Kopfe — dahier. Du hast deine Meenung von der Sache, ich hab meine. Ich sag: Bäcker hat recht, nimmt's a Ende in Ketten und Stricken: — Im Zuchthause is immer noch besser wie drheeme. Da is ma versorgt; da braucht ma nich darben. Ich wollte ja gerne nich mitmacha. Aber sieh ock, Gustav; d'r Mensch muß doch a eenziges Mal an Augenblick Luft kriegen. (Langsam nach der Thür.) Leb gesund, Gustav. Sollte was vorfalln, sprich a Gebetl fer mich mit, herscht! (Ab.)

(Von den Aufständischen ist nun keiner mehr auf dem Schauplatz. Das „Haus" füllt sich allmällg wieder mit neugierigen Bewohnern. Der alte Hilse knüpft an der Werfte herum. Gottlieb hat eine Art hinterm Ofen hervor geholt und prüft bewußtlos die Schneide. Beide, der Alte und Gottlieb, stumm bewegt. Von draußen bringt das Summen und Brausen einer großen Menschenmenge.)

Mutter Hilse. Nu sag ock, Mann — de Dielen zittern ja a so sehr — was geht denn vor. Was soll denn hier werdn?

(Pause.)

Der alte Hilse. Gottlieb!

Gottlieb. Was soll ich denn?

Der alte Hilse. Laß du die Axt liegen.

Gottlieb. Wer soll denn Holz kleene machen?
(Er lehnt die Axt an den Ofen.)

(Pause.)

Mutter Hilse. Gottlieb, hör du uf das, was dr Vater sagt.

Stimme (vor dem Fenster singend).
Kleener Mann blei ock d'rheem
Hee, juchhee!
Mach Schüssel und Teller reen
Hei bidel bidel, bim bim bim. (Vorüber.)

Gottlieb (springt auf, gegen das Fenster mit geballter Faust). Aas, mach mich ni wilde!
(Es kracht eine Salve.)

Mutter Hilse (ist zusammengeschrocken). O, Jesus Christus, nu donnert's woll wieder!?

Der alte Hilse (mit unwillkürlich gefalteten Händen). Nu, lieber Herrgott im Himmel! schitze die armen Weber, schitz meine armen Brüder!
(Es entsteht eine kurze Stille.)

Der alte Hilse (für sich hin, erschüttert). Jetzt fließt Blut.

Gottlieb Hilse (ist im Moment, wo die Salve kracht, aufgesprungen und hält die Axt mit festem Griff in der Hand, verfärbt, kaum seiner mächtig, vor tiefer, innerer Aufregung). Na, soll man sich ernt jetzt o noch kuschen?

Ein Webermädchen (vom „Haus" aus in's Zimmer rufend). Vater Hilse, Vater Hilse, geh vom Fenster weg. Bei uns oben ins Oberstübl is 'ne Kugel durch's Fenster geflogen. (Verschwindet.)

Mielchen (steckt den lachenden Kopf zum Fenster hinein). Großvaterle, Großvaterle, se haben mit a Flinten geschoßen. A pare sind hingefalln, eener der dreht sich so um's Kringl rum, immer um's Rädl rum, eener der that so zappeln wie a Sperling, dem man a Kopp wegreißt. Ach, ach und a so viel Blut kam getreetscht —! (Sie verschwindet.)

Eine Weberfrau. A par habn se kalt gemacht.

Ein alter Weber (im „Hause"). Paßt ock uf, nu nehmen sie's Militär hoch.

Ein zweiter Weber (fassungslos). Nee, nu seht bloß, de Weiber, seht bloß de Weiber! wenn se ni de Recke hoch heben! wenn se ni's Militär anspucken.

Eine Weberfrau (ruft herein). Gottlieb, sieh dir amal dei Weib an, die hat mehr Kriin wie Du, die springt vor a Bajonettern rum, wie wenn se zur Musicke tanzen thät. (Vier Männer tragen einen Verwundeten durch's Haus. Stille. Man hört deutlich eine Stimme sagen) 'S is b'r Ulbrichs Weber.

Die Stimme (nach wenigen Secunden abermals). 'S wird woll Feierabend sein mit'n, a hat ne Prellkugel in's Ohr gekriegt. (Man hört die Männer eine Holztreppe hinauf gehen. Draußen plötzlich). Hurrah, Hurrah!

Stimmen im Hause. „Wo habens'n de Steene her?" „Nu, zieht aber Leine!" „Vom Chausseebau." „Nu hattjee Soldaten." „Nu regnet's Flastersteene." (Draußen Angstgekreisch und Gebrüll sich fortpflanzend bis in den Hausflur. Mit einem Angstruf wird die Hausthür zugeschlagen.

Stimmen im „Hause". „Se laden wieder". „Se wern glei wieder 'ne Salve gebn". „Vater Hilse, geht weg vom Fenster".

Gottlieb Hilse (rennt nach der Axt). Was, was, was! Sein mir tolle Hunde!? Soll'n mir Pulver und Blei fressen, stat's Brot? (Mit der Axt in der Hand einen Moment lang zögernd, zum Alten.) Soll mir mei Weib der= schoßen werd'n? Das soll nich geschehn! (Im Fortstürmen.) Ufgepaßt, jetzt komm ich! (Ab.)

Der alte Hilse. Gottlieb, Gottlieb!
Mutter Hilse. Wo is denn Gottlieb?
Der alte Hilse. Bei'm Teiwel is a.
Stimme vom „Hause". Geht vom Fenster weg, Vater Hilse!

Der alte Hilse. Ich nich! Und wenn ihr alle vollens drehnig werd! (Zu Mutter Hilse mit wachsender Ekstase.) Hi hat mich mei himmlischer Vater hergesetzt. Gell Mutter? Hi bleiben mer sitzen und thun, was mer schuldig sein, und wenn d'r ganze Schnee verbrennt. (Er fängt an zu weben.)
(Eine Salve kracht. Zu Tode getroffen richtet sich der alte Hilse hoch auf und plumpt bornüber auf den Webstuhl. Zugleich erschallt verstärktes Hurrah-Rufen. Mit Hurrah stürmen die Leute, welche bisher im Hausflur gestanden, ebenfalls

Hinaus. Die alte Frau sagt mehrmals fragend) „Vater, Vater, was is denn mit Dir?" (Das ununterbrochene Hurrah-Rufen entfernt sich mehr und mehr. Plötzlich und haftig kommt Mielchen ins Zimmer gerannt.)

Milchen. Großvaterle, Großvaterle, se treiben be Soldaten zum Dorfe naus, se haben Dittrichen's Haus gestirmt, se machen's a so, als wie driben bei Dreißigern. Großvaterle!? (Das Kind erschrickt, wird aufmerksam, steckt den Finger in den Mund und tritt vorsichtig dem Todten näher.) Großvaterle!?

Mutter Hilse. Nu mach ock, Mann, und sprich a Wort, 's kann een'n ja orntlich Angst werd'n.

Schluß.

Das Weberlied wird gesungen nach der Melodie:
„Es liegt ein Schloß in Oesterreich".

Gesammt-Personenverzeichniß.

Dreißiger, Parchent-Fabrikant.
Frau Dreißiger
Pfeifer, Expedient
Neumann, Cassirer
Der Lehrling
Der Kutscher Johann
Ein Mädchen
} bei Dreißiger.

Weinhold, Hauslehrer bei Dreißiger's Söhnen.
Pastor Kittelhaus.
Frau Pastor Kittelhaus.
Heide, Polizeiverwalter.
Kutsche, Gensdarm.
Welzel, Gastwirt.
Frau Welzel.
Anna Welzel.
Wiegand, Tischler.
Ein Reisender.
Ein Bauer.
Ein Förster.
Schmidt, Chirurgus.
Hornig, Lumpensammler.
Der alte Wittig, Schmiedemeister.

Weber.
Bäcker.
Moritz Jäger.
Der alte Baumert.
Mutter Baumert.
Bertha
Emma } Baumert.
Fritz, Emma's Sohn (vier Jahre alt).
August Baumert.
Der alte Ansorge.
Frau Heinrich.
Der alte Hilse.
Frau Hilse.
Gottlieb Hilse.
Luise, Gottlieb's Frau.
Mielchen, Tochter. (6 Jahre alt.)
Reimann, Weber.
Heiber, Weber.
Eine Weberfrau.
Eine große Menge junger und alter Weber und Weberfrauen.

Die Vorgänge dieser Dichtung geschehen in den vierziger Jahren in Kaschbach im Eulengebirge, sowie in Peterswaldau und Langenbielau am Fuße des Eulengebirges.

Moderne Dramen.

Herm. Bahr, Die häusliche Frau. Lustspiel. Geh. M. 1.50.
Edvard Brandes, Ein Besuch. Schauspiel. Geh. M. 1.—.
Max Dreyer, Drei. Drama. Geh. M. 1.50.
Edmond und Jules de Goncourt, Henriette Maréchal. Uebers. v. Fritz Mauthner. Schauspiel in 3 Akten. Geh. M. 1.—.
Max Halbe, Eisgang. Ein modernes Schauspiel.
    Geh. M. 1.50, gebd. M. 2.50.
Max Halbe, Jugend. 3. Aufl. Ein Liebesdrama. Geh. M. 2.—.
Max Halbe, Der Amerikafahrer. Ein Scherzspiel. Geh. M. 2.—.
Gerhart Hauptmann, Vor Sonnenaufgang. Soziales Drama. 6. Aufl.
Gerhart Hauptmann, Das Friedensfest. Eine Familienkatastrophe. Bühnendichtung. 2. Auflage.
Gerhart Hauptmann, Einsame Menschen. Drama. 4. Auflage.
Gerhart Hauptmann, Die Weber. Schauspiel aus den vierziger Jahren. 10. Auflage.
Gerhart Hauptmann, College Crampton. Komödie i. 5 Akten. 2. Aufl.
Gerhart Hauptmann, Der Biberpelz. Eine Diebskomödie. 2. Aufl.
    Jeder Band geh. M. 2.—, gebd. M. 3.—.
Gerhart Hauptmann, Hannele. Eine Traumdichtung. Reich illustriert. Geh. M. 5.—, in Prachtband geb. M. 7.50.
Otto Erich Hartleben, Hanna Jagert. Komödie. Geh. M. 2.—.
— Angele. Komödie. Geh. M. 0.75.
— **Henrik Ipse,** Der Frosch. Familiendrama. Geh. M. 1.—.
— Die Erziehung zur Ehe. Satire. M. 2.—.
— Ein Ehrenwort. Schauspiel. Geh. M. 2.—.
Hollaender—Land, Die heilige Ehe. Schauspiel. Geh. M. 2.—.
Maurice Maeterlinck, Prinzeß Maleine. Drama. Geh. M. 2.—.
Ernst Rosmer, Dämmerung. Schauspiel. M. 2.—.
Ernst Rosmer, Königskinder. Ein deutsches Märchen. Geh. M. 2.—.
Johs. Schlaf, Meister Oelze. Drama. Geh. M. 2.—, geb. M. 3.—.
Graf Leo Tolstoi, Macht der Finsterniß. Geh. M. 1.—.
Graf Leo Tolstoi, Früchte der Aufklärung. Geh. M. 1.—.
Emile Zola, Naturalistische Dramen. Inhalt: Therese Raquin.
— Renée. Geh. M. 1.50.

Werke von John Henry Mackay.

Kinder des Hochlands. Dichtung. Geh. M. 1.—.
Dichtungen. Geh. M. 2.—, gebd. M. 3.—.
Fortgang. Der „Dichtungen" 1. Folge. Geh. M. 2.—, gbb. M. 3.—.
Im Thüringer Wald. Lieder. Geh. M. —.50.
Moderne Stoffe. 2 Berl. Novellen. Geh. M. 2.—, gebd. M. 3.—.
Schatten. Novellistische Studien. Geh. M. 2.—, gebd. M. 3.—.
Anna Hermsdorff. Trauerspiel. Geh. M. 1.—.
Die Menschen der Ehe. Geh. M. 1.50, gebd. M. 2.50.
Die letzte Pflicht. Eine Geschichte ohne Handlung. 1893.
    M. 2.—, gebd. M. 3.—.

S. FISCHER, VERLAG, BERLIN W.

Moderne Romane, Novellen.

Herm. Bahr, Die gute Schule. Ein moderner Roman.
Geh. M. 3.—, geb. M. 4.—
Herm. Bahr, Dora. Wiener Geschichten. Geh. M. 2.—
Herm. Bahr, Neben der Liebe. Sittenroman. Geh. M. 3.—.
Herm. Bahr, Antisemitismus. Ein internat. Interview. Geh. M. 2.—
Herm. Bahr, Caph. Novellen. Geh. M. 2.—
G. v. Beaulieu, Das weibliche Berlin. Geh. M. 1.50, gebd. M. 2.50
Fedor Dostojewski, Der Gatte. Geh. M. 3.50, geb. M. 4.50
— Der Idiot. Roman in 3 Bänden. Geh. M. 6.—, eleg. gebd. M. 9.—.
— Der Spieler. Roman aus dem Badeleben. Geh. M. 3.—.
Gust. Falke, Aus dem Durchschnitt. Roman aus dem Hamburger Leben. Geh. M. 2.—, geb. M. 3.—
Gabriel Finne, Die Kinder des Doktor Wang. Roman. Geh. M. 3.—
Arne Garborg, Bei Mama. Roman eines Mädchens.
Geh. M. 3.50, gebd. M. 4.50
Arne Garborg, Müde Seelen. Roman. Geh. M. 3.50, gebd. M. 4.50
Arne Garborg, Frieden. Roman. Geh. M. 3.50, gebd. M. 4.50
Edmond de Goncourt, Die Brüder Zemganno. Roman aus dem Circusleben. Geh. M. 3.50, gebd. M. 4.50
Gerhart Hauptmann, Der Apostel. Novellistische Studien.
Geh. M. 1.50, gebd. M. 2.50
Knut Hamsun, Hunger. Natur. Roman. Geh. M. 2.—, gebd. M. 3.—
Jul. Hart, Sehnsucht. Eine Liebesgeschichte. M. 2.—, gebd. M 3.—
Otto Erich Hartleben, Die Serenyi. Zwei verschiedene Geschichten.
Geh. M. 1.50
Otto Erich Hartleben, Die Geschichte vom abgerissenen Knopfe.
4. Auflage. Geh. M. 2.—
Felix Hollaender, Jesus und Judas. Ein moderner Roman.
3. Auflage. Geh. M. 3.50, gebd. M. 4.50
Felix Hollaender, Magdalene Dornis. Ein moderner Roman.
2. Auflage. Geh. M. 3.50, gebd. M. 4.50
Felix Hollaender, Frau Ellin Röte. Aus dem Leben einer jungen Frau. 4. Auflage. Geh. M. 3.50, gebd. M. 4.50
J. P. Jacobsen, Novellen. Geh. M. 1.50, gebd. M. 2.25
Alexander L. Kielland, Johannisfest. Geh. M. 2.—, gebd. M. 3.—.
Hans Land, Mutterrecht. Eine Novelle. Geh. M. 1.—
Hans Land, Die Richterin. Roman. Geh. M. 3.50
John Henry Mackay, Die Menschen der Ehe. Geh. M. 1.50
John Henry Mackay, Die letzte Pflicht. Geh. M. 2.—.
Meier-Graefe, Nach Norden. Roman. Geh. M. 3.50, gebd. M. 4.50
Peter Nansen, Eine glückliche Ehe. Geh. M. 2.—
Stanislaw Przybyszewski, Vigilien. Geh. M. 1.50
Ernst Rosmer, Madonna. Novellen. Geh. M. 3.—, gebd. M. 4.—
Rudolph Schmidt, Novellen. Geh. M. 3.—, gebd. M. 4.—
Johs. Schlaf, In Dingsda. Geh. M. 2.—, gebd. M. 3.—